WO YI DING

HUI

花开的时候，

给你写信。

一枚词语摆放的

位置，

和窗外一朵云驮

来的地址，

都那么叫人喜悦，

那里日暖花明。

MANG CHENG

CHUN TIAN DE

摄影：白音格力

谁在枝上绣
满了含苞的相思,
　　那个想取名
叫春天的人,
　　正好经过,
停了下来。

WO YI DING

HUI

MANG CHENG

CHUN TIAN DE

WO YI DING

HUI

MANG CHENG

CHUN TIAN DE

我想光阴一定是暖的,

因为它可以与花语,

与清风言,

与一座老屋宁静相守。

WO YI DING

HUI

MANG CHENG

CHUN TIAN DE

无他事，
日常的一天，阳光很好，
想起你房间里阳光照着的莲蓬，
和一件件旧物。

我知萦怀之深、念想之切,都不敌那么一个宁静的时刻。

我在一张笺上,用几行朴素的词语,安排一场虚构的相逢。

铺叙衍展,深婉从容。心境澄和,风物闲美。

WO YI DING

HUI

MANG CHENG

CHUN TIAN DE

WO YI DING

HUI

MANG CHENG

CHUN TIAN DE

一朵花亮了灯,

诗人说他看见,

一群一群的春天路过。

那个春天的清晨,当我念着一个个美丽的词,

我看见一串绿长了翅膀,一串绿流成了绿水。

WO YI DING

HUI

MANG CHENG

CHUN TIAN DE

一个在青春期迷路的形容词,

　　能不能在日复一日笔挺的日子里,

　　还留着光鲜的微笑,

　　与昨日狭路相逢?

WO YI DING

HUI

MANG CHENG

CHUN TIAN DE

我一定会忙成春天的

WO YI DING
HUI
MANG CHENG
CHUN TIAN DE

白音格力 著

中国人民大学出版社
·北京·

图书在版编目（CIP）数据

我一定会忙成春天的 / 白音格力著. — 北京：中国人民大学出版社, 2019.11
ISBN 978-7-300-27465-2

Ⅰ. ①我… Ⅱ. ①白… Ⅲ. ①散文集－中国－当代 Ⅳ. ①I267

中国版本图书馆CIP数据核字(2019)第212882号

我一定会忙成春天的
白音格力　著
Wo Yiding Hui Mangcheng Chuntian de

出版发行	中国人民大学出版社		
社　　址	北京中关村大街31号	邮政编码	100080
电　　话	010-62511242（总编室）	010-62511770（质管部）	
	010-82501766（邮购部）	010-62514148（门市部）	
	010-62515195（发行公司）	010-62515275（盗版举报）	
网　　址	http://www.crup.com.cn		
	http://www.ttrnet.com（人大教研网）		
经　　销	新华书店		
印　　刷	天津中印联印务有限公司		
规　　格	145mm×210mm 32开本	版　次	2019年11月第1版
印　　张	7.75	印　次	2019年11月第1次印刷
字　　数	180 000	定　价	36.00元

版权所有　　翻印必究　　印装差错　　负责调换

序言 | 我的名字叫春天 |

一直想好好地坐下来，写一本书，名字叫《我一定会忙成春天的》。

后来写了一篇同题散文，书的事只能临时搁下来。这三四年里，确实很忙：忙着从忙中闲下来，忙着从盲中清醒过来。一年的大多时间，与草木为亲邻，与笔墨为知交。所以，即使当时没有写，我也知道快了。我知道，当那些与我同行的读者，一次次叫我"春天"时，我的笔下，已是春光泼眼，千里莺啼，红紫纷纷。

我是个极少主动与朋友联系的人，也极少在网上与读者互动，并非生性薄凉，实在是性格使然。大多给我打电话的身边朋友，都喜欢问一句："在忙什么呢？"我会"看人下菜碟"，有时会逗乐一句说："我在忙着掐指算算，你什么时间会来电话。"有时也会说："我在忙着长大，忙着长成春天的模样。"

当然，后一种说法，是不能轻易对哪个人提出的，得妥帖的朋友才可以。

我一定会忙成春天的

  我是真的只想为春天而忙,最终把自己忙成春天。春天忙着在草径上铺绿,我忙着在草径上用一个个韵脚叩响种子的梦;春天忙着把鸟儿的歌声染青染脆,我忙着在耳朵里准备一间寂静的春乐之屋;春天忙着开花,我便忙着看花。

  我的手很忙,我的脚很忙,我的眼很忙,我的心很忙。

  我只想,远避尘嚣,推开纷扰,退掉名利,闲身只愿为春忙。从尘世逼仄的视线里,忙到精神的开阔明亮处;从你争我抢的人潮人海里,忙到内在的孤美清凉地。

  我是那么热烈地爱着这种忙啊。所以写那篇散文《我一定会忙成春天的》时,我觉得我简直是用十万万朵花的饱满情感去走笔的,我在电脑上欢快地敲打出一个一个的字。那一个一个的字,是花的鞭炮,噼里啪啦地开满了我的眼睛。

  因为我的文章大多与草木有关,与自然有关,当然更与无数个春天有关,所以慢慢地许多读者叫我"春天"。我欣然默认,满心欢喜。

  世上有那么多喜欢春天而愿意为春天忙碌的人,每每看到他们的喜悦之情,心中的感动油然而生。

  当看到那些为春天而欢欣的人时,我真想对他们说:你踮起脚尖探春的时候,我好想垫在你的脚下。我跪在大地上,双手按在春天的门铃上,将后背平整成一片草地;你踩在我背上,跃然成春。

我坐下来静静回想这些年,我做得最多最好的事情,就是春天在大地上做的事情。

上一本书《一生的墨,见一生的人》,主题是墨,我写了我喜悦的一些词语,写了我心仪的诗句,更写了我半年的日常素美。那半年里,亲近自然,日日与花与书为伴。本来是计划写完一整年的,但实在不易。书出版后,有一相识多年的读者好友也去试着写,写了几日,来"哭诉"书写之艰辛,我安慰一番。美的东西,往往很简单,像一朵花的开,没什么计量,没什么心思,就是开;最后追求的过程,往往都是我们人为地搞得复杂了。所以,先要做一个简单的人。简单的人心思澄净,无有缚系、干扰,会为一件事坚持做下去。

于是,我开始好好计划、安排,打算写《我一定会忙成春天的》这本书。当然,书的内容最后定稿,并非只着眼于春天。春天不是季节,春天是内在。但书稿很多内容是我在追随春天时的行走与旅程,是值得纪念一番的。

在这部书稿中,我觉得我在一路追着春而去,从我的小城,追到春西湖,又追到彩云之南,一路的春,一路的烟花三月、人间四月天。

在书写的过程中,我感觉我就是一个为春天工作的人。而我的名字，也叫春天。

我身边有一些朋友，甚至至今也不知我到底从事什么工作。偶尔在饭局上见到陌生人，相互交换名片，我接到对方的名片时，我没有回送，只是回以微笑。那时，我的微笑，就是我的名片。当问起我的工作，我很想对他们说，我有一个大事业，名叫美好。美好就是我这一生矢志不移去追求的大事业。

所以，这么多年里，我一直在忙这个事业，把自己忙成春天一般。

也正是因此，身边的朋友才会找不到我，网上的读者朋友也不知我太多信息。

我痴于忙成春天，痴于做一个名叫"春天"的人。

山头种白云，修竹在窗前。心中围个小篱笆，采薇山河总是痴。别问我去了哪里，我从一场雪里，从草径上，从书桌上悠然宁静的一盆菖蒲叶子上，从一笺泛黄的纸上，悠然而去，翕然自远。何须问，你只要知道，我的名字叫春天，就好。

白音格力

目录
CONTENTS

第一辑 春天有十二个月

我想霸占春天所有的版面 /002
全树开成一朵花 /006
自放春风 /009
新茶对花饮 /013
四月月牙花帖 /018
溪边晚樱里 /029
烟霭拄杖 /032
鲤吞三分月 /035
自笑婆娑风月 /037
我从三月街来 /039
野花香气扑琴书 /042
几枝闲花烟中树 /045
木棉记 /048
我愿哗啦一下打开春天的门 /052

目录

CONTENTS

第二辑 我的名字叫春天

唤醒芬芳 /056

一萼红，二色莲 /059

篱墙戴花 /062

交给风去纵宠 /065

我坐流泉之上 /070

有青山 /073

小院记 /076

小立倚月色 /079

藤之画 /083

一一风荷举 /087

赐我一粒结缘豆 /090

小安村 /094

我喜欢 /098

目录

CONTENTS

第三辑 春天是一种姿态

光阴，请出牌 /102
路过民国 /105
酒坛乍破一船香 /108
耽之心 /110
狂风吹月亮 /113
书香上人衣 /116
鱼在玉里游 /119
心肠到底甜 /123
日安为晏 /127
养 /131
九月见鹿帖 /136
月色回到墨的家 /146
光阴烟视，故人媚行 /150

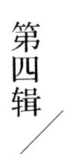

目录
CONTENTS

第四辑 养活一团春意思

花香寄我回家 /156
雪养人 /159
抚书 /163
旧书重读似春潮 /166
一刹那 /168
蝴蝶页 /171
眼睛香了 /175
你的倒影有针织的温柔 /179
十二月勒马听风 /183
世上渊明酒，人间陆羽茶 /209
一篇雪 /212
石缸之韵 /216
一个名字撞响了山溪 /220
墨心欢喜 /223
一整个春天在奔跑 /227

第一辑

春天有十二个月

那一天
我从一个诗人
落在山间的脚印里路过
那一年
我在字砖句瓦搭建的小城里
安排了十二个月的花事

我想霸占春天所有的版面

好句精选

> 我要霸占春天所有的版面,让花笺拨英,旧信封里走来故人;让屏山献青,画峦滴翠,水墨送来江南的消息;让鹿戴花,让每一件春衫都戴上香。

春好,好在春水初生,绿鸟衔花,正感觉心中也发了小芽,就忽地十里春风,千里莺啼,红红紫紫,好不热闹。

春天好似开的不是花,是爱,是一场宴。好似不去那一场爱的宴里,世间的酒都不叫酒,世间的美人都不叫美人。

一整个春天,像一大朵花,什么也不管不顾,只是绽放绽放,一直就那样随心地开满你的世界;仿佛是一本厚的册页,是一本书,层层叠叠,一页一页,几行隽永深情的文字,几幅笔简情长的画,你顺一行字走,就走到画里了,你走成了春天版面上唯一的诗人。

早春的第一缕草芽色翻开一页，就看到你；花枝上缭绕的花信风翻开一页，也能看到你。

春天的版面上，杏花疏影，杨柳新晴，春风推门入，花色卷帘来，让人恨不得霸占所有的版面，安排自己喜悦的每一场花事。

封面上，一痕远山淡烟，一角生一萼红，仿佛有微甜的一树杨柳风，缓缓吹拂。

我要封面上有淡淡的留白与遐想，我要封面上是早春的怡然与自若。如宋代郭熙所言"春山澹冶而如笑"，我们只需安排好行程，不匆忙，不慌张，春天在等着你。等你幽窗开卷，诗兴生发；等你花坞题红，柳堤拾翠。

对于人生来说，春天不是一个季节，是一种态度，是一种心境。我们往往为了某些欲求，便不顾一切急不可待地要在封面上展示一切。你有春风十里的柔肠，便恨不得把姹紫嫣红画满；你有春意盎然的诗情，便恨不得把花明柳媚写满。

我们人生的春天，封面上该是干净的、宁静的。不见满怀花，却芬芳一身；不闻鸟鸣声，却春韵两耳。

蝴蝶页要染上淡淡的淡绿，不着一字一画，尽是绿，不要浓，只需淡。也不要大红大紫，不要蓝，不要白。要春水初绿的绿，要柳新低绿的绿。

一秋的蓝，深邃，内敛，收紧芳华，然后又落天地一白。看了蓝，看了白，到这时绿最美。草绿，叶绿，风绿，水绿，连枝间跳跃的鸟叫声也是绿的。

而且要淡，淡中好似有花香就要浮出来、有蝴蝶欲翩翩飞起来。

早春就该是这样轻盈盈的绿，不多也不缺少，等着你走进来，化成春天一色。

我要在第一章，就安排两个人，在乡间小路上迎面逢上，或者一扇门前，劈面她似春风扑来，他定成一棵树，瞬间爬满一身绿叶。让开篇就桃红柳绿，好风好水，喜悦开宴。

为的是不错过大好春光，将一双眉眼都染上春色。

当然，接下来自然还要霸占好多页面，一页一页，春风词笔，写不尽的纷红骇绿、红情绿意。刚一落笔，桃李争妍，都想开在诗的第一行；稍一神思，笔下便飞出一行白鹭；写到花笑时，一凝视，笔下就绘出一个人的桃腮柳眼。

还要霸占很多版面，为百花插图。梅花奉茶，水仙凌尘，迎春吐霞，杏花春雨，桃花粉面，玉兰化蝶，海棠调脂……一幅幅，不舍得少了哪个。版面不够，就挤掉那些纷争、名利，春天的版面无俗事。

要有几页安排柴门藤绿，这样有人前去，见一眼，便有此生归来之感。或许是早春料峭，他一走进来，暖风初转袖，便见小径忽开门。再往前走，花事便被暖风讲了个遍。也要几页安排一个诗人走走停停，在春天采摘诗行；安排一个花篮，拾那些早谢的春花；更要安排一场场农事，让那些春苗、春枝睁开明媚的眼睛。

我要霸占春天所有的版面，我要让那些煎煮的人海被一抹山色涂改，我要让拥挤的虚荣虚伪为十里春风让道，我要让面具开出最洁净的花，我要让名利与追逐被春水洗涤。

我要霸占春天所有的版面，让花笺掇英，旧信封里走来故人；让屏山献青，画峦滴翠，水墨送来江南的消息；让鹿戴花，让每一件春衫都戴上香。

我要让友善在枯枝上发出十万万颗小芽，让爱与幸福张开花香的翅膀，让人间美好的、甜蜜的小事情漫山遍野，花开万家。

全树开成一朵花

好句精选

> 每到春天，每朵花都会敲响心中的锣鼓，将一冬的梦、心中的信仰敲得山响；都会点燃芬芳的鞭炮，恨不得噼里啪啦地开个够，开到漫山遍野。

我要大声宣布，我是第一个遇见春天的人。谁让我想做一个诗人呢？谁让我在最后一行里还念着往事呢？

我一直认为，我所热爱的每一个春天，都是诗人送给我的；那些让人忧伤又美好的往事，都住在春天里。我时常会觉得，当一个人饱满丰盈了，他便像一棵树一样，随时准备开花。第一缕扑面的春风，一声脆得滴水的鸟鸣，或者一首一眼一见让人发呆的诗，心中的坚冰一下子破了，泥土一下子暖了，花一下子就要张开翅膀飞出来了。

而且来势凶猛，势不可当，要把整棵树张罗出一百朵、一千朵、一万朵花来。仿佛一棵树全是花，才好。

清代袁枚在《随园诗话》里收录了杜茶村咏《海棠》诗中的一句——"全树开成一朵花"。看到时直叫好，怎么就那么好！一朵、两朵……几百朵的花开满了树，再看去，全树不就开成了一大朵吗？

我猜想，杜茶村在看到那棵海棠时，一定一定是因为他的心一下子开出一朵花，接着一朵、两朵……千万朵地开，把整个心开成饱满的一大朵了。所以，他才看那一树海棠，惊喜地写出这一句来。

春天的美好，确实是惹人着迷的。所以，写者写，画者画，歌者歌，舞者舞。人心中的春天，也该是美好的，是草长莺飞的，是花红柳绿的，是让人一看便能走进去的。

所以，我们的人生，若能如一棵树，全树开成一朵花，该是多么的岁月峥嵘。

读春天的诗，我常常被深深地打动。我看见很多花朵在诗行里萌芽，我不知道那些花朵的身份，但我有一千个、一万个喜悦的理由。只因为我知道，很快，风一来，窗一开，就能看到那一树一树的花了。

我们便轻而易举地从花的样子、颜色、芬芳来识别它们的身份了。这时，你再看一树花，仿佛是旧相识，"去年今日此门中，人面桃花相映红"啊！

我一定会忙成春天的

手头有一本 10 年前的《诗刊》，一直保存着，因为整本都跟春天有关，是关于春天的专号，名字叫"春天送你一首诗"。非常喜欢这句话，它本身就是一句诗。

我在每一个春日里看早开的花，都会莫名地感动于那一树白或嫣红，我会很幸福地看着一树花，仿佛在读一首诗。那一树花，开得热烈、饱满，开成一朵诗，在你眼里温柔着、旖旎着。

为这一份全树开成一朵花的美好情谊，请莫负春光，你要快马加鞭地去赴春天的宴。半路，你一定会迎上开花大队，各种花，锣鼓喧天，鞭炮齐鸣，赶着去参加花枝招展的春宴。

每到春天，每朵花都会敲响心中的锣鼓，将一冬的梦、心中的信仰敲得山响；都会点燃芬芳的鞭炮，恨不得噼里啪啦地开个够，开到漫山遍野。

属于你的光阴也是一棵树，于每一个平常里，对人微笑、对花微笑，你的光阴之树自然也会开出一朵来；你以善良、温婉予人美好，光阴之树上自然又开出一朵；你看书写字或在一首诗里散步，你闲时看云或窗前理花草，又或者与家人一起旅行，你爱着自然一切美好的事物，你的光阴之树必将一朵朵地开出你的姹紫嫣红来。到最后，全树开成一朵花，那是你一生的芬芳，芳华绝代。

自放春风

好句精选

我欣赏这样的境界：窗舍一丛竹，能自得其乐；心守一炉香，能自得其静。若人生苦寒，大雪纷飞，亦能枯守心下之境而不自弃，亦能于一枝上自放春风，不困顿，更不会寂冷含悲。

今冬大雪天气，去深山小村看我喜欢的老杏树：黢黑苍劲的枝干，御风披雪。忽地心下一暖。这些枯寂的枝，曾在初春开一树树的杏花，整个村子也简直开成了一座春天的城；沿溪路蜿蜒而行时，那一枝一枝的杏花，好似要飞出枝头，拂人一脸的春风。

我是极其喜欢这个小山村。因为在这里，家家守着一棵老杏树，过着朴素生活。那一树树杏，门前的，溪边的，安闲地开花，有竹相伴，有三面的山松相陪。

在这里，竹宜著雨松宜雪，最是入诗入画，而花可参禅酒可仙，让人一走进来，就恨不得每日闲散于此，过禅意、过神仙般的生活。每年开花时节有游人来，也是闲闲散散地走着，看看杏花，消磨半日好时光。

而冬天无人来，小村很静。我一棵树一棵树地抚摸，是细细的叩门声，杏花一定能听到吧。走了半天，要回去时，回头看雪中老杏树，总觉得我一转过头去，花就开了一枝又一枝。

回来时，在日记里写了一句：花枝待喷花，自心春风软。

明代陈白沙《六月十夜枕上》一诗颇有滋味：岁岁与年年，几见春秋过枕前。有时自放春风颠，尧夫击壤歌千篇。大醉起舞春风前，碧玉不知今几年？望望衡山眼欲穿，世卿兹来何延缘！

陈白沙不为当下大众所熟知，但我很喜欢他的诗。他的诗里有一派天然之趣，存开阔心境。诗里少忧少愁，多的是野兴横生、乐以忘忧的心情。

所以在他这一句"自放春风颠"里乐而忘返，好似参加了一局宽怀畅饮的好宴席，看到许多东倒西歪大醉起舞的诗人，在春风里，乐且陶陶然。

我欣赏这样的境界：窗含一丛竹，能自得其乐；心守一炉香，能自得其静。若人生苦寒，大雪纷飞，亦能枯守心下之境而不自弃，亦能于一枝上自放春风，不困顿，更不会寂冷含悲。

记得一次为某画家办画展，要为几幅画临时起名字，我静静地品味着每一幅，凭第一感觉，起了一些妥帖又稍雅致的名字。唯有一幅，一树冬枝，在一片暖色调里，感觉很特别，好像没人如此将墨用得那么疏淡枯寂，我一时愣住，也无好名相送。

很久以后，偶然想起此事，脑海里想到"自放春风"，最是妥帖啊。不由得会心一笑。

人的身体有枯枝期，经历大痛大悲、大是大非的折磨，身体便会在一段时间里枯了。这时，外界的一切美好、别人的劝慰，都不是良药，唯有自己心底生生不息的信念、坚强才是自救之道。这时，只要有自放春风的能力，便可从悲痛中走出，怀宽容、柔和、理解的心意，身体才会逢春绽绿。

人的灵魂也有枯枝期，缺失爱，缺失美好，只有痛苦、怨恨、沮丧层层包围，人的灵魂便枯竭。这时更需要自放春风的能力，坚定、执着、温暖，从而从自我中寻求能量。

人一生难免遇到坎坷、磨难与不幸，试着自放春风，其实并非难事，只是看你内心是否愿意去尝试。走投无路时，遇地棘天荆的人生困境时，不妨停下来，不急不躁，不迷失，不自弃，车到山前，就自

我一定
会
忙成春天的

放春风铺路，内在安稳，从容，面带温和；生活不如意、人生兵荒马乱之时，不妨退一步，退到欲望之外，退到争斗之外，清一分，静一分，自放春风看世界，看到的是另一番景象。

人在世，自放春风，是从心底，关怀别人，予人慈悲，存爱心、行善事，宽容、理解，内在柔和。自放春风，是人生之境、生活之禅；自放春风，屏山献青，画峦滴翠，小桥流水，自成人间。

新茶对花饮

好句精选

我们与每一叶新茶，与每一瓣花，都是一份缘；与每一个春天，更是生命般珍贵的缘生。我们该在心里也抽出新芽、懂得谦卑、温良、美好、懂得自在、珍惜。

对花饮茶，自是逍遥事。

特别是春日，早开的杏花树下，或者杏花纷纷落、桃花开满了枝，暖阳像棉一样的情话，这时坐树下，什么也不干，与老友，或只一人，饮茶闲坐。

每年春，我都会去里口山。四月上旬，王家疃家家户户门前的杏花都开了，看花人自然多了起来。大家沿溪岸走，看花赏春，当然是乐事。喜欢这里，是因为这里根本算不得什么风景区，却可以消磨半天，走得轻松自在。

喜欢这里，更是因为家家户户都养着一棵老杏树过日子，其次就是来看花的每个人都走得慢，花也在慢慢开似的，不着急，不慌张。有一年，我带着茶水去，泡好的茶，中午时分，便择一处清闲地，坐下看花饮茶。

去春写一文《春深一寸》，其中有一段：人内心当存这样一寸春。做日常事，爱朴素草木，念往事思旧人，提新茶对花饮。

后两句，是我极喜欢的，也是因去里口山看花时所想。那茶其实已不是新茶了，可是至今回味，却是鲜碧芬芳，入口醇香。

我自己买过一次真正的新茶，源于一次偶然。那时去杭州，因是第一次游西湖，想好好地欣赏西湖美景，本只想从苏堤游起，结果有幸走进九溪，从而问得一罐新茶。

一直觉得，西湖的美，不但是景的美，更重要的是人文，是一代代人对西湖所赋予的精神之美，所以说西湖是"自然与人类共同的作品"，我觉得很对，也很好。

去西湖时，自然是选择春天去的，花满苏堤柳满烟，一路过映波、锁澜等六桥，湖生烟，柳也生烟，初春的花也沿堤嫣红，叫人忘返。

是因两位好心的陌生人而改变了行程。一位年纪稍长，听闻我寻车去西湖，便提议从九溪游起：烟雨天气，正好看九溪烟树，很美的，而且走走乾隆路，经过龙井的故乡，还可以去茶农家喝茶，买点新茶。

古代很多文人赞美过九溪，张岱就曾写过九溪"径路崎岖，草木蔚秀，人烟旷绝，幽阒静悄，别有天地，自非人间"。

经好心人如此指点，心便开始雀跃。在公交站等车时继续打听路，一年轻人也无意中指点九溪起游，才是西湖之行最美之旅。而且他极尽能事地介绍再三，同时与上一位好心人如出一辙地推荐可以在茶农家买点新茶。

只是普通的市民，一个是杭州本地人，一个是外来人，都如此赞美九溪与推荐买茶，当时我就心里一动。

九溪一路而行，确实是美，不一一赘述。还未到梅家岭时，路上遇到一位女子，打伞走得不疾不徐，不似游人般为景流连，也不似当地人因雨疾行。

在路上遇到很多不识的花，频频驻足，她无意中听到我那句"不知是什么花"，然后就开始讲解起来。接着，我也了解到，她是梅家岭一茶农的女儿，并说起现在因下雨，采的新茶不多，还邀请我到她家里去品茶。

其实自初，我是没打算要买茶的，因为家里的茶实在是有点多了，根本喝不完。何况女子到底是有些推销的意味在里面，虽然自始至终都让人感觉亲切，我也难免有些小小的抵触。

但是，她泡了一杯前两天刚采下炒制而成的新茶时，那香闻起来清新扑鼻，入喉醇厚，让我一下子顿住了。喝过的龙井也不少，但那一杯，是绝妙的一杯。

走时买了二两，也许一两是因为第一次喝如此新鲜的茶，一两是因为好心的杭州人的推荐。

若这龙井与茶人不好，那茶怎么会这么清香？普通的杭州人为什么那么热情推荐？

九溪那一路，树生着烟，心里是开着花的。

后来很羡慕那些茶农，因为每年春天，花自开着，采来的新茶，他们总能满心欢喜地品尝。

所以有一次在南京梅花山赏梅花时，看到两位茶农正在采茶，我也禁不住过去，想讨几片新茶叶。学着茶农采摘方式，小心掐下几枚小芽，像宝贝一样捧在手心里。

然后坐在梅花树下，那般珍贵地将嫩嫩的茶叶送入口中，慢慢咀嚼，享受片刻。剩下两枚，又小心包好，带回酒店，想晚上泡了喝。

新茶对花饮，也许美就美在：花年年开了落、落了开，却年年赏不够；老茶新茶本无二般，但赏花饮茶的人，多老，心中都有春芽初绽、春水初绿，不忍辜负一春的好心意。

我们与每一叶新茶，与每一瓣花，都是一份缘；与每一个春天，更是生命般珍贵的缘生。我们该在心里也抽出新芽，懂得谦卑、温良、美好，懂得自在、珍惜。

正如看到一首禅诗里写的：从桃树下经过，每一步，如是观照缘起的生灭。

四月月牙花帖

好句精选

像天破了,哗啦啦,花儿都倒在了人间,于是有了四月。漫山遍野啊,一树一树啊,红的黄的白的,像个疯丫头一样,撒着欢地笑着,咯咯一声就开一朵。

一日。又是人间四月天。南方的花,早就开得一片荡漾了。北方的也开始了,街边不时看到一树白,或一树粉,撞进眼里,好像把春天的门撞开了。

二日。在楼下,忽然看到那树杏花竟全数落了。好像前一二天才刚开,我匆忙经过时,还打招呼:嗨,我们又见面了。去年,这一树杏花,是因一场小雨,纷纷落了一地,不过不是这样齐刷刷地落,更不是这样落得干净、落得不留情面。当时,我还蹲在地上不停地拾花瓣。可这次,地上的花瓣也没了。是昨夜那场大风吗?看着空空的地面和空荡荡的枝头，我怪自己这两天太匆忙，竟然没有好好地在树前看几朵。

三日。降温。无意中发现那盆米兰枝上竟然有露珠，像开着圆圆亮亮的小花。而我确定我没有给花喷水，是室内温热湿气遇到窗口的寒意凝结而成的吗？

四日。家里有很多空花盆，不，不是空的，有泥土在。浇花时，也禁不住浇这些无花的泥土，总是幻想有一天，花盆里还能长出小芽。

五日。今日清明，阴冷，落雨，大风。回老家，在老家菜园里拍杏花骨朵。老爹看到，说还没开，有什么好拍的。我说，不知什么时候开。老爹回：15号。我这才想起，这对话，去年也有过。我又想起，老爹将家里的花与树每年开花的日期一一记下，杏花每年踩着钟点似的来，什么长寿花、鸡冠花——这些常见的，也都一一记下了。那时，站在冷风里，心里忽然一热。

六日。雪。前一二日，看新闻报道，北京、河北等地都下雪了。天气降温，最受苦的就是花了。今天，我们威海也有地方飘起了雪。

读诗，现代的几篇，又随手翻古诗。年少时，希望交的朋友，是一位诗人。我要崇拜他，他会喝酒，他能指挥一万万朵花开。时常会觉得，曾经我心中一直在等诗人似的。

我喜欢很多古代诗人，有时觉得，他们都是被我等待过的，所以他们的诗才会是光，照顾我。有时，心里在等的，又不是一个诗人身份的人，想想，也许就是一种诗人的气质与内在吧。

——吸引着我，启迪着我，引领着我。

有时，我也会与这样的诗人对话，关于春天的，关于美好的。有时也会无限崇敬地给他写诗：

> 你是白月光，不照我，我就在黑里黑着。你是诗人，不来为我分行，我就千言万语连成一句地等你。

七日。欢喜有时就是，走向一朵花，走向自己的深处。欢喜有时就是，你分出去一枝春，手里还握着另一枝：春天的美与好，是分不开的啊。欢喜有时就是，你眼有清澈水，能映一个人的影；心是四月天，永远想为一个人开一树树的花。

八日。像天破了，哗啦啦，花儿都倒在了人间，于是有了四月。漫山遍野啊，一树一树啊，红的黄的白的，像个疯丫头一样，撒着欢地笑着，咯咯一声就开一朵。

九日。春风开始浩荡。去山中，走走小径，小径长着青草，偶尔有野花开。正悠闲自得时，若突然撞见一树山桃，或野杜鹃，初春的气息便一下子扑了过来；若能遇见一小村，则更美，也许炊烟正起，那一缕缕白，只觉得农家烧的是不一样的柴火，升起的也不是烟，而是白云，再闻得三二声鸡鸣，人便如高山流水，自得美意。

那样的小径，是诗人留在深山的诗句，草木明亮，笔意清绝，徜徉其间，妙契无言。

那样的小径，通到白云边、春深处、野塘秋、芦花白。

十日。春风浩荡。每年春天都会来得这么大动静，好像要花动京城似的。

千纸鹤发来刚朗诵的内容给我看，说下篇朗诵《六十岁的你，亲启》。此时，窗外阳光明亮，我在窗前发呆。想起去年我写《六十岁的你，亲启》，是分两次写的——我是很郑重地写这篇的。

可以说写得极慢，心中虚拟着六十岁时无数的场景，好像把那么遥远的日子真实地过了——树如何绿，花如何开，粥如何暖，心上人的笑如何甜。

十一日。做了一道菜，取名"红肥绿瘦白先生"。菜是胡萝卜、韭菜、白菜，皆出自老爹小菜园。胡萝卜还带着菜窖里的泥；白菜自然是冬白菜，在菜窖里过了一冬，还带着秋风和白雪的味道；韭菜是春韭菜，瘦，但鲜美不可言。

十二日。有看了我近十年文章的读者问了我一个问题：你为什么能写得那么美，那么有想象力，那么诗意，那么不食人间烟火，还让人觉得你就在人间？

我的文章美与不美并不重要，重要的是我开心地写着就好，我要先对自己负责。其次，要问我为什么写得还可以，其实很简单：当你从高中开始就在与山与草木为伴时，你自是诗人。当你十年如一日地不见朋友、不见仇敌，只见花草日月，一切就很简单了。

因为你有太多时间，去闻香，去思考，活得简单到一无所有。那时，就剩下自己，剩下心无旁骛；这时，草也找你来绿，花也找你来红，诗也找你来写。

十三日。走路的时候，忽闻一阵香。是花香，却又不知是什么花。可身边明明没有花。是院墙内的吗？再仔细闻，又寻不得了。以前写小说，写两个人相遇时，写过一句"一抬头，忽闻见一阵香"。这样的相遇，是偶然，却是有缘。

十四日。有个小小的学生读者问我，我写的"好花天气"是什么意思——老师在课堂上提问的问题。我很认真地想了想我当时的心境，又很认真地回说：天气是我们常说的气象情况。比如，我们会说"今天真是个好天气"或者"雾霾天气"，同样，我们也可以联想，花开也是一种美好的天气。在这里，就是指一种内在的美好气象。人的内在，要有自己的气象，很重要。

十五日。有很多读者以为我对爱情很通透，来问各种问题，其实我都不想回答。爱情本是一笔糊涂账，你思量我、我思量你，我计较你、你计较我，一寸一寸地防守，也一寸一寸地陷落。要我说，爱是什么？非要说，最美的爱，是不需去思量的。一定是你要天上最美的云，我就去买、去摘、去画、去写、去爱着你的爱。就是满心欢喜，就是天真可爱。

十六日。我们每个人到底都是来自哪里？这一二年开始对寻根有了点兴趣，小叔正好热衷家谱事，所以每年过年去他家拜年，他都会搬出一些老物件，让我从中寻一点渊源，可能是怕我忘了自己姓什么吧。可是，小叔不明白，我是姓春天的。

曾在阳朔，遇到一家四百年的老宅，竟然全村都是姓我的姓。当然，喜悦是从那个老宅开始的，喜悦也是因为守宅的老人家。在那老宅里，见很老的老人家，我变得像个孩子一样地，在她身边，说着温柔的话，扶着她，她陪我将斑驳的墙一寸一寸地看着，身边一朵一朵新年的花开着。

人来自哪里，也许并不重要。能守住一个地方才重要。人能守住一个地方不易，守住属于自己的光阴更不易。

十七日。晴，晴到像一首诗，像一个人的笑容。有风，已是暖风初转袖了。

有发小同学来，我们另三个同学陪，一起买了迪卡侬的跑步装备。然后去"以饭湘许"吃了点，便启程去里口山看杏花。

去年这同学要来里口山，却终因时间有限，没能成行。今春终于来了，却不承想，杏花早就谢了，满枝上已蹿出绿叶。但仍能见溪边屋旁开着一树树的晚樱、桃花、樱桃花。

说好了要去看杏花的，看那个家家户户门前养着一棵老杏树的小山村。本想在我常坐的杏花树下跟杏花聊天，讲许多事情，讲美好的愿、美好的人生，但还是错过了，有些失落与遗憾。抚摸了几棵老杏树，不知它们能否知道我心里的愧疚。

同学一行都玩得很开心，虽然不过短短一个小时左右的时间，但还是满心的欢喜。这样最好。

十八日。下午，看到中国第一代钢琴家巫漪丽参加《经典咏流传》节目的视频，主持人说她"一生与钢琴为伴"之前，画面上刚刚出现老人坐在钢琴前，自左至右，缓缓地抚摸了一遍琴键。她已经88岁了。那一刻，她抚摸的仿佛不仅仅是黑白键，更是无数个白天黑夜。

她走到钢琴旁时，用手扶着琴的一角，台下的观众自发站起来鼓掌。老人深深地鞠了几躬，然后缓慢地坐下，又少许，才伸出手，画面上出现了一双皱如树皮但干净白皙的手,深深地插进了黑白键里。是的,那一刻,我感觉老人的手,就是"插"了进去,插进那些黑白岁月里,插进她心中永远流淌的音乐的神圣里。随后,这一双老手,竟然在琴键上跳起舞来,如蝶,有阳光照着。

老人弹的是相伴了她六十年的《梁祝》,伴唱的词是唐代《铜官窑瓷器题诗》里那句"君生我未生,我生君已老。君恨我生迟,我恨君生早"。

人生多老,最大的遗憾,也许便是在最美的年华里没有遇到最好的人,或是遇到最好的人,却没有最美最美地爱一场。

十九日。在网上看到有人说,爷爷走后,奶奶收拾东西时,从柜子里搜出一张皱黄的纸条,上面写着:第一不可忘国忧,第二不可负卿卿。很是感动。那个年代的人,多的是这样的赤子之心,大到对国家,小到对一个人,都是抱定坚贞心意的,如莹白的玉。

二十日。泡了一杯新茶,看了一眼窗外。若是满眼花树,该多好。阳光明媚,暖暖的,是傍晚时分,阳光正一寸寸地从墙上走过。我知道,这一整天里,地板上和墙上,都开过阳光的花。想起《沧海一声笑》里有一句歌词"豪情还剩了一襟晚照",不觉得荒凉,只感恩这实实在在可拥有的美。

二十一日。写作累了,随手翻身边书,书页间落一薄纸片,上面乱乱地写满了字。多是字迹潦草,匆匆忙忙的样子。仔细辨认,有日期数字,有电话号码,有记事,这些都是临时随手一记,还有些毫无意义随手写下的字词,是读书出神凝思之际的涂鸦。

唯有一行字,写得端正,是一句诗,"还似旧年花雨肥"。看得出,是一笔一笔写来的,也可见当时在这一句诗里走得极缓慢,也极享受。

回忆起来,这句诗应该是一个极爱诗词的人写就的。我读到时,也着实有些惊讶,为这个"肥"字。一是因为在多年前的一个文档里,我一直要写的《寒衬白云肥》,依旧尘封在那里,没有多添一字;二是因为这句诗里的情感惹人怜思,不知全诗内容,但从这一句看,不难看得出那些"旧年"的花色、雨水皆饱满,在人一生的回忆里,不曾衰减半分。

二十二日。我真的有时觉得,静夜里,一个恍惚间,花朵提灯,我一下子掉进一本书里,像花掉到花影里、月掉到月色里。我在一行行字里缓慢地走,花草铺地,清风为径,走得一脚清香,静悄悄。

二十三日。花开得妍,是听了很多情话;花色渐淡,恰是花开始恋爱了,心有归宿,隐到情深处。

二十四日。走在人迹罕至的公园里,见那些悄然绿着红着的植物,某一刻会觉得特别奢侈。感觉我是一滴酒，回到了葡萄。

二十五日。快乐的小事情，总是能让人忽然觉得，人生的近虑都是多余，远忧都是自己跟自己有仇。比如，雨再大，有一把伞，两个人走多久都似一帘幽梦，好似不真实，却那么快乐。

二十六日。近几年，每年四月都要写写日记，美其名曰"帖"，似乎就带了点古意。这心意，也不过是因为四月这样的好花天，心有珍重，人便似乎真的可以有了一点点的不同。

二十七日。有时，天气就像一个人的笑容；有时，天气就像一首诗。那么美，那么美啊，像一首诗，把春天灌醉，一醉就绿了草、绿了水，一红就红了桃花、红了人面。

二十八日。荷已叶圆，亭亭于池。人能居一池莲，是多大的幸事。有风就随风看风荷，有雨就随雨赏雨荷。

二十九日。四月近尾声，花依旧纷纷开。四月是爱花人的节日，面对一朵、一丛、一树，总是禁不住放慢脚步，眉弯成月牙花，笑开成涟漪花。这样的四月，一骑飞笑，九街花粉。

三十日。台湾有个作家写过一个市场，那里除了米豆杂粮、虾膏鱼露、山竹芒果等这些日常品外，还有人卖鲜花。鲜花不是一束束，而是一筐筐的花粒花瓣，密密麻麻。她说，看着"光鲜欲滴，看朱成

*我一定
会
忙成春天的*

碧,浓稠得像油彩,捞起一把泼在地上,卷起袖子,就可即席作画"。所以当见到文字里提到的一筐筐的花瓣时,对于北方的我来说,自然是惊讶不已。南方多花,所以卖花、食花之事司空见惯。想想一方水土生一方花,一方花草养一方人,花入五谷,入了酒,也入了人的魂,很是羡慕。

溪边晚樱里

好句精选

在那三五分钟的凝思里,我忽然觉得这一树晚樱是天然的一幅画,我在这画里,是一个满脸风尘的人,但在某一刻,花香洗净了我的面目。

带朋友去里口山看杏花,结果杏花已全谢。后来,我查了去年的日记,才知我整整晚来了一个星期。

我极力给朋友描绘这个沿溪的小村杏花一开的盛景。在这里,家家户户门前都种着一棵杏树,有的三五十年成老树的,有的新枝新花。每逢春,停车于村边一处,沿着溪蜿蜒而去,一树一树的白,让人喜欢得不得了。

朋友并不介意。小村很静,不时见得二乔玉兰、桃花、樱桃花,这里一株、那里一树的。一路,我在心里有了愧疚,不但是对朋友,也是对自己。好似这满村的杏花,是因为我才落了干净。

后来,在溪对岸看到一树晚樱,开得热烈奔放,和朋友禁不住拍个不停。我细想,每年春我都会来看杏花,从来没看到这一树晚樱,它是晚于杏花而开。我来,则都是追着杏花的脚步而来的,所以从没看到这一树晚樱吧。

因了晚樱,我心里总算得到些许安慰。

我在溪岸对面,看这一树晚樱。晚樱斜着身子,张开怀抱,探向溪中。溪虽无水,照不了它的影,飘不了它的花香,它依然那样开着。

就好像即使所有看杏花的人都离开了,它也不在意,它就是要开。不开给溪水看,不开给路人看。

在那三五分钟的凝思里,我忽然觉得这一树晚樱是天然的一幅画,我在这画里,是一个满脸风尘的人,但在某一刻,花香洗净了我的面目。

明代吴从先写过五则赏心乐事,其中有一乐,中有几句,闲散得趣:"试茗,扫落叶,跌坐,散坐,展古迹,调鹦鹉。"

生命中有些毫无意义的事情,常常是人一生中最珍贵的记忆。比如跑了很远的路去看一树杏花开,或者在林间喝茶听风。

品茗是风雅事,却也是日常小乐,因为得闲,因为无所忧心,只在一盏茶里，消磨一段小时光。扫落叶，自然是闲散事，趺坐或散坐时，眼里也许花色正一点点染满天气，人坐得一心是香。展阅古迹，提人心神，再调调鹦鹉，真是其乐无穷。

我在溪边晚樱的一树花色里，突然就明白了：它开的不是花，是自己的光阴。

我们大多数人是懂得惜时的，也只是懂得时光的珍贵，却往往因为生活，因为虚荣，因为名利，因为各种各样给自己找的借口，使得自己手头的光阴，散落一地而不得知。

每每见到那些不懂得珍惜光阴的人，我总是恨不得把他绑起来，在他身上种花，看看他能不能开出花来，能不能懂得人生有很多欲望、贪念，让人失去的却是更多。

一树晚樱的光阴香里，隔着溪岸，染上我，回程时看它一眼，心又柔软了几寸。

我一定
会
忙成春天的

烟霭拄杖

好句精选

  人生烟霭有无，雨晴浓淡，真的有什么关系吗？我不想去在意：什么样的风景才算美、什么样的天气才是诗意。那拄杖僧又何尝在意过，他是心归苍茫外；那画中人又何尝在意过，无关风雨无关晴啊。

  春时在昆明的几天里，每日都有雨，时晴时雨。有时雨来得极急，如泼，噼里啪啦，打得树叶哗哗响。有时雨又忽止，大太阳出，行人收伞，继续赶路，好像跟他们没关系似的。

  因初次来云南，对云南的雨并不了解其脾气，所以当酒店人员提醒要带伞时，我看阳光普照，自然不理会。不曾料，真的就忽来一阵雨。幸好对于家乡少雨，逢雨如逢喜事一样欢喜的我而言，是求之不得的。

  读得杨慎题华亭寺联：一水抱城西，烟霭有无，拄杖僧归苍茫外；群峰朝阁下，雨晴浓淡，倚栏人在画图中。

那几天，正好时时下雨。比如刚一出发去翠湖，雨就泼下来，是春天，这雨虽大，却如丝，织出一片云烟。而在寺里，自然也遇雨，真是美。雨就那样下，将人挡在檐下，好似与尘世隔了一层。人于其中，也不着急，也不慌张，就那样看雨听雨，别有滋味。

华亭寺位于昆明西山。题联所言"一水抱城西"，其美在景，于自修者而言，更在于内心天地。

以前说过很羡慕窗前挂水的生活，朋友并不理解，还以为盼着天天下雨，雨打着檐，檐垂水为帘，日日笼一屋子的水雾。

其实不过是希望窗外有水，离得多远都没关系，烟霭有无，于我也没关系，我自听得两耳水声，一心清净。

雨打着瓦，打着一万万片叶子，打着花色，人于檐下听，既有禅音，又有静气。

在寺里听满两耳雨声，想这峰下雨晴浓淡其实并没有关系，人心中有胜景，何处不成画？

我想拉着一缕烟霭，归去苍茫外。

写下这一句时，正坐在昆明到大理的火车上，感觉拉着一车的雨、一车的烟霭，随我而去。那一时，突然觉得很满足，便禁不住在当时记录行程的本子上写下这么一句。

我一定
会
忙成春天的

　　车窗外，忽而几痕淡墨远山，忽而一条白纸小径，一闪而过，让人恍惚间，心老了几岁。

　　想想，人生烟霭有无，雨晴浓淡，真的有什么关系吗？我不想去在意：什么样的风景才算美，什么样的天气才是诗意。

　　那拄杖僧又何尝在意过，他是心归苍茫外；那画中人又何尝在意过，无关风雨无关晴啊。人能得此心境，烟霞可作杖，多老都可以身若流风，飘然而去。

鲤吞三分月

好句精选

> 鲤吞三分月,留七分酿酒;莲托一瓣香,留九瓣煮茶。给一些赤子之心的文人,来饮来醉。

昆明翠湖的晚香亭上有一副楹联,清代李霆锐所题:赤鲤跃碧波,吞却三分明月;红莲开翠海,托来一瓣馨香。

因为是白日,看不到鲤吞三分月的浪漫豪放,但着实为这意境牵了魂去。所以,那时我就那样站在那里,有些痴,有些忘我。

莲花正欲开,鲤也特别多,穿梭于莲池,很是悠闲。可能吞过月,托过莲香,所以那一群群的鲤才这样大气,这样旁若无人。

晚香亭建于放生池中,需通曲桥而去,池中有荷,能见到各色鲤如彩云似的在水中悠游。

立于曲桥，看池周，有很多题匾和楹联。可见，此处颇受文人青睐。

这一片是有名的观鱼楼，也就是围了一片湖水的楼台曲廊，而晚香亭大概是最佳观鱼之所了吧。于是，我便在此，也尽兴地观起鱼来。

说是观鱼，其实是向鱼学习，就那么悠闲地消磨一段小时光。

我在拍晚香亭的照片时，亭子里正好坐了四位老人，他们很安闲地在交谈，自然不可能谈风雅事，也许只是家长里短，但亭四周水生荷风，红鲤闲游，那一刻觉得甚美。

在拍那些楹联时，几次听到池中鱼跃的声响，也听到身边人惊讶一声"好大的鱼啊"。那水声，不是一条大鲤才怪呢。

当时再联想晚香亭这一副楹联时，禁不住为鲤跃碧波吞三分月的场景所迷醉。也禁不住想象当年沈从文、朱自清、吴宓等常常于此喝茶闲谈的种种，还有汪曾祺总是游不够，不知走了多少次的身影。

那一"吞"一"托"，细细想来，真是好。鲤吞三分月，留七分酿酒；莲托一瓣香，留九瓣煮茶。给一些赤子之心的文人，来饮来醉。

自笑婆娑风月

好句精选

任人生云里雾里,风里雨里,着绿蓑,戴青箬,自在江湖,渔翁一人,何处不可钓风月?

依然明媚山川,苍霭白云,人世几回伤往事;自笑婆娑风月,绿蓑青箬,江湖满地一渔翁。

此联是田云龙题昆明大观楼催耕馆之作。看到这副楹联,心下便欢喜。

欢喜联中一"满"字、一"一"字。我喜欢这样的表达方式,就如张岱描写的"天与云与山与水,上下一白。湖上影子,惟长堤一痕、湖心亭一点、与余舟一芥,舟中人两三粒而已"。

当然,更在一句"人世几回伤往事"里惆怅,在"江湖满地"四个字里凝思。

稍有了解，都知昆明大观楼之所以出名，是因为大门两侧悬挂了一副被誉为"古今第一"的长联，联是清代寒士孙髯翁所撰，共180字，颜体楷书，严谨浑厚。

田云龙此联读来如一剂清凉散，叫尘世染尘的一双眼，看得更清澈了；叫浮生飘浮的一颗心，刹那间更安稳了。

放眼望，山川还是那山川，依然明媚如初，霭霭苍云，或闲闲白云，几番山头横，一思一伤怀。是浮云往事过心头，避之不及。

我们大多人哪做得了闲云野鹤，不过是尘世劳碌一卒，疲于奔命，还要把心在刀尖上滚了又滚，在热浪里沸了又沸，哪里可得清净身呢？

所以，做一个能"自笑婆娑风月"人，该是多么可贵。任人生云里雾里，风里雨里，着绿蓑，戴青箬，自在江湖，渔翁一人，何处不可钓风月？

"江湖满地一渔翁"，读至此，再凝思片刻，忍不住复读三遍。也不忍沧海一声笑，好一个"江湖满地"，任你浊浪滔天，云烟漫卷，我自笑自逍遥。

我从三月街来

好句精选

> 若心中也开一条三月街,那里有卖诗的人,字句碧鲜;有背着一箩筐云朵的姑娘,似桃花流水;有卖布的老人,织上了草芽色。

在大理古城住的几天里,正是农历三月,并不知大理有条街叫三月街。直待到古城西门苍山门坐车去喜洲古镇时,突然看到车窗外闪现的三个字"三月街"。

一愣然,车驶过去。我急忙回身探头,想多看一眼。三月街就这么一闪而过,或者说我从三月街前,一闪而过。

当时确实有些错愕,继而惊喜。竟然有一条街叫这么美的名字,不由得幻想:每年春天,各种花纷纷来到街上,赶集似的,闲绿也来,暖云也来,鸟儿也来,有的从苍山洱海来,有的从好人家的白墙照壁上来，好不热闹。

不长的车程里，我就那样坐着，心里春水绿波，微花细草，风啊香啊，灌满了我整个身体。

到喜洲是中午，入住了客栈，便出去吃饭。初到小镇，自然随便吃点。店家一眼就看出了我是旅客，第一句问的话竟然是：你从三月街来的吧？

三月街！店家操着极蹩脚的普通话，可我还是听到了这三个字，当时一惊。若不是我看到过这三个字，我一定听不懂，即使我追问，也不会知道这"三月街"究竟是怎么回事。

其实，当时听到了，除了喜悦外，我还真的不知道"三月街"究竟是怎么回事，我只觉得这名字美。我不知道，"三月街"是白族人盛大的节日。在随后的日子里，我才知道这节日有多隆重。

"三月街"是白族传统的民间物资交流和文娱活动的盛会，每年农历三月十五开始，白族人聚集在苍山脚下，欢歌乐舞。年复一年，便形成了一年一度的"三月街"。

离开喜洲时还要从大理坐车。一路上，见许多参加盛会的白族人赶赴三月街，不由得心生敬意。

有幸去坐车时，正好要步行经过三月街街口，得以与三月街有一个照面。但可惜的是，因为急着赶路、赶时间，只能匆匆一瞥。

过后回想，最让人喜悦的事是，与我擦肩而过的每一个来三月街的人，都是优哉游哉、不紧不慢的模样，而且脸上都有笑。

这个三月街不像我常见的集市，这里的车、人、竹筐、货物、花和天空，有着一派自然的生动。我看着这些混杂一起的人与物与景，竟然那么和谐，和谐得似一幅画。

我知道，我难免心存了诗意来看，但至少在我那匆匆的一瞥里，我感觉我正从一幅画里走了出来。

大理的农历三月，春风画笔，将苍山洱海描绘得更加绮丽，花开始灿烂地开，这时把春天作为一个隆重的节日，大家聚在一起，共同庆祝春天，是多么美好的事啊！

若心中也开一条三月街，那里有卖诗的人，字句碧鲜；有背着一箩筐云朵的姑娘，似桃花流水；有卖布的老人，织上了草芽色。

哪怕这样一想，这样存了一点诗意于心中，再看这个世界，是那么珍贵。你愿意在这条三月街上，一直走、一直逛，那时天气澄和，风物闲美。

再回到尘世，我知道，我是从三月街来的人。

野花香气扑琴书

好句精选

看到美,无他想,就是——真想扑上去,像一万万朵花,扑上春枝头。

整理几本书,归于书架,旁有笔砚,一二空酒瓶,仿佛一场诗酒赓和的风雅宴,静静在那个书香角落里,窃窃欢畅。

我侧耳细听,野老名士,口含清泉,讲史讲趣,或讲一些云烟往事。在那里,可坐可卧,自然也可暂放笔墨,瀹茗置饮,潇洒闲逸。

再坐于书桌旁,感觉身轻似一片月光,我一拎,就把自己扔进这一场宴里。不,我又感觉,我化成清风,一下子扑进去。

是的,扑。很长时间,我特别喜欢用"扑"这个字来表达某些情感。

比如那年在杭州,因住虎跑泉周围,又去过九溪,在烟雨里好一顿赏了池雨烟树,回来后觉得意犹未尽,对那九溪思之念之,想到"虎跑"二字,我便觉得我是虎扑上了泉。只觉得一个"扑"字,便是我那时内心痴迷的全部情感。比如看了一幅绝好的山色图,人愣在那里,却觉得整个人,就那样想扑上去,扑进那一方桃源地。

看到美的景,无以言表时,我就用"扑",想想这样的我,是不是算不得文人呢?那是什么,山间野夫?反正,看到美,无他想,就是——真想扑上去,像一万万朵花,扑上春枝头。

是从那一年冬末春初起,开始格外喜欢这个"扑"字。

一冬的冬,好像雪厚千尺,围人在屋,炉火旁有书页,虽是暖的,可看一眼窗外,或一出门,仍觉得走不出的冷。

然后有多日疲于奔命,无暇他顾,每日穿梭于冷中,早忽略了春已近,山草探绿。所以,某一日一下楼,疾步匆匆间,忽一缕风扑上了脸,暖得我一下子回过神似的。我略一顿,心念一句"春天来了呀",然后就觉得,那风扑我一脸,把一整个春天都扑在我脸上似的。

这一扑,扑醒了我,把我也扑成了春天了。

晚唐词人李珣有《定风波》五首,大多是写词人在亡国后的隐居生活,抒发怀恋故国、孤洁自守的情怀。其中第二首有句"到处等闲邀鹤伴,春岸,野花香气扑琴书",真是叫人羡慕啊!

其实读到时,羡慕的是尘嚣远避,草绿花红,白云流水,能于林泉深处,邀鹤为伴,抚琴读书,忘尘忘忧,是何等闲居之乐呢。所以,这一句"野花香气扑琴书"是自然之美,是人心之道。一个"扑"字,就更显得珍贵了。襟怀淡泊者,最懂随缘随喜的境界,想想胸襟开阔了,野花香自然可以扑进来,什么烦心事,不可慢慢忘却?

日月琴,光阴书,流水过小桥,野花扑面香。只要想想这美好的生活,就觉得这人间是如此珍贵。

扑,总是源于心之所向,才如此义无反顾,奋不顾身。要不怎么会有飞蛾扑火者呢?但这"扑",是要存一真一善一美,人生才能扑上香、扑上爱、扑上好。否则,就是扑了空,摔碎了人生,叫人疼。

野花常有,琴书也不少,但若心无所念,自然难求得这一扑的美妙人生。人最怕失去了念,那就是蒹葭照流水、风雨扑孤灯,多少凄凉酸楚啊。不要,不要这样,应该是万古愁中仍有一往情深的热爱,不迷失,不自弃,心中永远有一腔热衷,开遍野的野花,时时抚响日月的琴弦,走进光阴的书页里。

要欢欣地活,喜悦地活。活在这珍贵的人间,也活在自己的林泉幽居处。那种欢欣,那种喜悦,是春风吹花乱扑户,是野花香气扑琴书。

几枝闲花烟中树

好句精选

> 如果说烟雨是我们所需的内在的天气,而几枝闲花闲闲地看,则是行走的姿态了。不过于执念不放,不过于纠结不休,那烟树中的几枝闲花,孤清婉丽,让人心生旖旎。

一二园亭,三四十亩荷风,雾薄,柳滴绿,曲桥映水,远山响钟声,草深藏落霞,几枝闲花烟中树。

翻看那年在杭州小住时的照片,时而凝神,随手在纸笺上写下这长长短短的一句。曲院风荷,苏堤春晓,九溪烟树,仿佛又一路走来,虽然好多景色与心境已模糊,但心中随意勾勒,桃柳明媚,湖水湖烟,载满画船。

园中有亭,亭依荷风,再起点雾,薄得像花香,柳摆着细腰,一串串轻轻滴绿,这样的景,是西湖,也是人心中向往的湖光山色。再及远处，寺里钟声，缥缈天籁，直到走在那些草色深邃里，寻得几缕落霞，赏得几枝闲花、几丛烟中树，不亦快哉。

前些日子，因为昆明这座城市，购得三本薄薄的小书，每本不过百页。是一个叫老楷、一个叫昆武的两位老先生合作的，一人为文、一人作画，记半个世纪前的昆明之风情、人物、市井。

在昆明时，不过住得两三晚，也只去了翠湖、圆通寺等处，没时间细细走、细细看，所以对两位老先生笔下的老昆明格外好奇。

说是书，却感觉更胜似一个薄薄的笔记本。这样也好，两位老人，于一个朴素的本子里写写画画，闲闲散散，点点滴滴，旧人旧事，多好。

"风情篇"封面一角是几笔简笔画：三枝垂柳一轮圆月，一栏杆一湖荷，有女携二童湖边赏荷。我没看书之内容，但看这画面，自然知道半个世纪前，这翠湖定是市民休闲好去处。这在汪曾祺的笔下也有过记录。

"风情篇"的第一篇就是《翠湖》，亦插简笔画。是真的简，一枝垂柳袅袅，枝上生枝，又垂一枝，是黑白图，却分明看到绿。柳丝触湖水，漾起涟漪，一圈圈。旁有小舟，船头坐一对恋人。

我被这简单的画面打动了，久久挪不动眼神，就那样痴看着了。那一枝柳，触水生涟漪，我总觉得是柳滴下的绿，滴在水面，一圈圈的绿涟漪便轻轻荡了开来，好似爱情一般美好。

以前写"人一生，总该有一场烟雨，留在某一时念起，淅淅沥沥，滴滴答答，湿漉漉的纯美"，是因为我知道人这一生能真正拥有几次烟雨呢？也正是因为我知道，所以我才更深地懂得，那时我的身体里太缺一场烟雨了。如果说烟雨是我们所需的内在的天气，而几枝闲花闲闲地看，则是行走的姿态了。不过于执念不放，不过于纠结不休。那烟树中的几枝闲花，孤清婉丽，让人心生旖旎。

常常我们所需的，并非锦绣堆成，不过是这样的几枝闲花。

我是在九溪烟树的小径里，见雨一丝丝，似垂柳，羞羞答答落入小湖里。心中泛起无限的爱意，再走在那石板路上，总难免幻想，把我带到古时去。

那里的烟，是轻的。那里的光阴，是几枝闲花在路边悠然地开，是烟中树，绿着，也沧桑着，就是无尽的好。

回到尘间，总是一次一次、一遍一遍，一生一世似的，念着那烟树里那几枝闲花。

周身无人，九溪迂回，十八涧自流水，成瀑成小水流，但生烟，烟笼四野，独身一人，或与最甜蜜的人一起，皆知这世间，许许多多事，不过是守得几枝闲花，看得了闲花烟树中。

木棉记

好句精选

　　细看单朵，虽然确实说不上美，那红，很艳，却也端庄大美，初春花一开，娇美喜人，从不示弱，只顾开，只顾高高地艳在天空。

　　一看到有人说"路两旁的木棉花开了"，就羡慕不已。羡慕看花人，羡慕路两旁。

　　有一年，因为看过一组木棉花的照片，随后查阅了很多资料，也看了上百张摄影作品。我惊叹那枯墨似的老枝上，叶子未出，一树燃红。是燃烧的红呢，大朵大朵，整树整树，好似爱，热情，绚丽，明亮，还有一股凛然之气。

　　热烈的花，如玉兰，如蔷薇，都是不顾一切，都是焚烧了自己才好，但都与木棉不同。

玉兰生活在北方最好，清冷冷的早春里，它一树紫或白，冰清玉洁模样，俏然一枝；略有暖意的春风经过时，好似都要轻手轻脚，生怕惊扰了它。开也开得热烈，开也开得清凉，却没有木棉那股凛然。

蔷薇一定是梦里的蝴蝶，扑啦啦一片飞起，挂满枝蔓，攀上篱笆。它是五月的眉眼，热烈传情，带着临风的俏丽。自然也热烈，一枝枝，一挂挂，却依然没有木棉那股凛然。

在生活中，曾经一直，我没见过一朵木棉。

看木棉花的照片，总觉得它该是北方佳人。但它偏偏生在南方。木棉花又称英雄花，记得当时查资料，希望找到这个别称里的故事，比如与历史中某个人物有关的带着点惊天动地的劲儿，让人起敬。

然而不是。真的只是因为它有着很粗很壮硕的躯干，因为它高高参天顶天立地的姿态，而且花红得如血，是英雄的风骨。

我对木棉格外敬重，不是因为看了那么多有意境的图片，而是得知它坠落时，仍带着自己的风骨，"啪"一声落地，很豪气，很英雄。

特别是看到某百科里一句"树下落英纷陈，花不褪色、不萎靡，很英雄地道别尘世"时，心里一热。

在我见到木棉树之前，我曾梦见过它。我梦见，我早晨醒来，想到这一整天可以悠然无事，做什么都好，就很开心。

自然也不看时间，起床，清水洗脸，然后推开木窗户，阳光照进来，而窗外就是一棵木棉树，正开花。

梦挺长，随后还有整理满屋书稿的事，以及整理住在天花板上的旧书的事，是的，是天花板。然后，整理得累了，就在窗口看木棉花。稀奇古怪的梦，让我那个真正醒来的早晨芬芳无比。

有阳光的味道，有旧书的味道，有木棉花的味道，尽管我不知木棉花是什么味道。

很幸运，后来在现实中，还是见过木棉，在南宁的青秀山，而且是早春。高耸粗壮的干，让我仰头而视，直呼"真高"个不停。而花开得几乎要把整个天空都遮挡住了，热烈得不要命了似的。

南国早春，也带着丝丝寒气，但这木棉，是这般的不顾一切。我几乎要把脖子仰断了，不想离开了，只为那一树高高的热烈。

有人评价木棉花是"艳而不妖，娇而不弱"，确实如此。细看单朵，虽然确实说不上美，那红，很艳，却也端庄大美，初春花一开，娇美喜人，从不示弱，只顾开，只顾高高地艳在天空。

至今脑海中一想到木棉，就是在树下的镜头，满树的热烈啊，如宋代刘克庄诗中"几树半天红似染"所描述的，让人动容。

"木棉"两个字也好，木坚贞寡言，棉柔软热烈。想想人活在世上,真的哪来那么多纷争,哪来那么多不安,哪来那么多委屈,哪来那么多斤斤计较、纷纷扰扰,为什么不能本真些、热烈些去活去爱,活自己的样子,爱自己的爱。

如一树木棉,只热烈地向自己的欢喜里开。

我愿哗啦一下打开春天的门

好句精选

　　我把一颗心填满春泥,文字落籽,流起春水,发起春枝。我只是愿意在多深的冬深处,都有一分盎然春意于心间,然后把自己活得饱饱的,活成春天。

　　还是四九天,春未至。

　　但你一定知道,我心里一直养着春天的——天真地养着,把自己想象成一个美好的诗人一样地养着,即使我写不出好诗,即使我的天真有时很可笑。

　　我把一颗心填满春泥,文字落籽,流起春水,发起春枝。我只是愿意在多深的冬深处,都有一分盎然春意于心间,然后把自己活得饱饱的,活成春天。

　　陆苏说,读我的文字,会感觉春天哗啦一下开门了。我满心欢喜。

因为我觉得,我可能真的如我所愿,没有太多辜负这珍贵人间赐予我最美好的情分——养活一团春意思。

我还珍重地收藏着几年前雨妩西风写我的一段文字:他驾驭文字,统领千军万马,一声令下,词句间,山水尽锦绣。他走高天云路,也行花香小径,走过,落字字珠玑。我来,千万路择其一,只因,他裁云捉月,邀清风约晨露,晴里雨里,在这里织了一匹锦,还上了花。我抚过青绿的句子,一步一枚哗啦啦的欢喜。

相比她对我的夸赞,我更加地喜欢她末句里说的"一步一枚哗啦啦的欢喜",很喜欢很喜欢。因为对我来说,写作早已不再是写作,写作是我的生命姿态,更是人间的修行。若,在这个过程中,能带给一些人美好的思索与珍重,那么这一路与君同行,时时处处,皆可莞尔相见。

我自己并不知道,我一直在建的那座春天的城,原来并不是可笑的,相反,肯定有几分可爱,因为正有人赶来。

所以,我愿哗啦一下打开春天的门,即使城外冰天雪地、冰封千里,我一字一行建造的这座春天的城里,也有十里春风街、烟花三月巷,自然还有烟村四五家、八九十枝花。

你一步步走来,一步一枚哗啦啦的欢喜。你脚下踩过的每一寸土地，都因你而萌发，一粒诗的种子，也许转眼就冒出一片两片绿芽。

这是多么幸福而喜悦的事啊！

我曾说过，我会忙成春天；我曾说过，我想为一个人起名叫春天。如此天真而执着的，不过是内心有春色三分，二分尘土，一分流水。

我是乐意将我春天的城门打开的。

我能想象得到，我这一生最珍贵的幸福事，莫过于，我喜悦着，天真着，哗啦一下打开春天的门；有人知道这座春城的地址，正好举起敲门的手，在我打开门的那一刻，劈面相逢。

第二辑 我的名字叫春天

山头种白云 修竹在窗前
心中围个小篱笆 采薇山河总是痴
别问我去了哪里
我从一场雪里 从草径上
从悠然宁静的一盆菖蒲叶子上
从纸上 翕然自远
何须问 你只要知道
我的名字叫春天 就好

唤醒芬芳

好句精选

> 寂寞春深，一条小径唤醒一座山；疏竹卧石，一个旅人唤醒一片风；花红照脸，一句情话唤醒一生芬芳。空山被松子唤醒，秋水被长天唤醒，云白被风清唤醒，小桥被流水唤醒。我的一生，被一万万个你唤醒。

"向西逐退残阳，向北唤醒芬芳"，是三毛的话。她说，如果有来生，她想做一只鸟，怀着这样的情怀，飞越永恒。

这是我曾在《简朴情怀》一文中一笔提到过的。想想最初我看到三毛这句话时，是一个黄昏，彩霞正满天，绚烂，明媚，瑰丽，无尽的绯红，似火，若锦。

我在那时人是有点傻掉的，就那样坐在海边礁石上。那是我这个海滨小城离夕阳最近的地方吧，有很长一段时间，常常坐在那里。无数次，我看着夕阳一点点退去、一点点消失。美好的东西，总是让人伤感的，因为终会失去。而那一刻，我的眼睛，我的心，仿佛追着夕阳；我的身体，好似醒了一样。

那段日子，是我人生的困境，只有孤独相随，很深的孤独，无以排解的孤独，见这一次满天彩霞，仿佛被什么唤醒了我内心的日月。

很多年以后才渐渐明白，人心中都有睡着的日月、未绽放的香，需要一段岁月，一场事件，或某个人，去唤醒。

所以每年二月开始，我早早地在北方的小城里，开始唤春归。那些草木的叶与花，听从春天的一声令下，它们心心相印。

我知道自然有心，心在哪里？欢欣时，红红绿绿，风雨和鸣；忧愁处，细雨打芭蕉，阶上飘落花。寻一条怎样的路能到这颗心里去？幽兰在空谷，云路在高天。

芬芳也许就是一个人的一条路。而我有芬芳，等人来唤醒。

我的芬芳是慢，是简，是生活得越来越拙。会去二月的首页，听泥土里种子的梦呓，闻第一声玉兰醒来的芬芳；会听音乐，听得越来越少，一首也没学，只任那缓缓的曲，如清溪水，流在书桌上、桌上的植物叶上，流在书页间、翻书页的手指间。

恍恍然会觉得，光阴真是静流水，是静水流深，拙而不浊，日子一天天老，人的心却一天天洗净一点、再一点，净如孩童天真的笑。

我一定
会
忙成春天的

  宋代真山民有首《春游和胡叔芳韵》诗，其中两句写得极妙："棠醉风扶起，柳眠莺唤醒。"在春光泼眼时节，醉的何止一树棠，醉的是赏棠人。醉就醉了，有春风扶起，也扶起整个春天的芬芳。而此时，柳嫩黄，一声莺，一串绿。绿也是春天的香。

  元代杨维桢《明皇按乐图》诗中，恰好也提到海棠，"海棠花妖睡初著，唤醒一声红芍药"。海棠不是醉就是睡，因为它开在三四月吧，那是人间四月天，一开一醉一睡；而五六月芍药，被唤醒芬芳，继续开花的旅程。

  世间万物，都是被唤醒的。草木是被唤醒的，天空是被唤醒的，路是被唤醒的，颜色是被唤醒的，芬芳也是被唤醒的。

  草枯了，有黄的时候，春风唤醒绿；花谢了，有红的时候，春天唤醒香；我爱了，有失去的时候，往事唤醒我。

  寂寞春深，一条小径唤醒一座山；疏竹卧石，一个旅人唤醒一片风；花红照脸，一句情话唤醒一生芬芳。

  空山被松子唤醒，秋水被长天唤醒，云白被风清唤醒，小桥被流水唤醒。我的一生，被一万万个你唤醒。

一萼红，二色莲

好句精选

我相信，情到深致，不论为文、书法、绘画或者摄影，甚至任何一件喜悦做着的事，皆存着雅，予人以美以趣。仿佛见其人，感其松上清风之气、石上清泉之韵，幽而如岫含云，深也似溪荟翠。能让人目沐而清，心欣而喜。

已然是大红大紫的春天了。花开得恣意，开得漫山遍野。记得去冬写雪，写过一句"城市里的雪化了，是污浊不堪；山里的雪化了，就是春天"。我是喜欢简单、喜欢自然之人，所以总是向往森林。

简单得像一棵树、一丛草、一溪清流、一声林间鸟鸣，人为什么不可以这样活呢？对此，我是如此坚贞。但身边的人，每天对我说的，都是"钱钱钱""事业事业事业"。为什么没人对我说，去山里春风家，烧一壶茶，围炉对饮？

这也许只是我一个人的深情，过于天真。

我一定
会
忙成春天的

　　但我知道，这世上，有很多我的同类。草径借一颗颗清露看世界的时候，我知道有人正在往山上来。心退到静处，看到春风路上一萼红，我知夏绿漫眼时，二色莲开在你的池边。

　　我对这个世界所有的深情，就是自静，亦自净。静到月色掉在信笺上，净到花容时时浮于书页间。

　　为人、处世，都当如此。情感世界更应如此。我能想到的最深情的情，就是这样的：你每想我一次，这个世界上就会多开一朵花；我每想你一次，你心里春的城就多一缕春风。

　　很多年里，在写作上，我写给自己的座右铭都是"自静养墨"，在心中养，在我的灵魂深处养，在光阴里养。

　　墨是有灵性的，是有心的，是有感觉的。能写出好字的墨，不是你用钱买来的，不是别人施与的，而是自己在光阴里，朝朝暮暮，日复日、年复年养出来的。

　　我对我写下的字，珍重着每一笔墨，虔诚着每一句墨香。所以，当我看到那些让我喜悦的文字时，总是心里温热。而写出让我喜悦文字的作者，他们都有一个共同点：不浮华，安静，虔诚，为人作文，有内在气质，有静水流深的深情在。

　　去年冬天有几日，一直大雪。一友因人生困顿，有消沉心，满眼里都是冰天雪地，得不到释然。我回了一句：听说明天的太阳照过的地方，不是开花就是长诗行。

静水流深，好花常开，我想都是因为其内在更深邃，不缺失深情，不浮躁，不自弃，开阔、明朗、柔和面对。如此，你看到的，不是雪，不是大雪纷飞、人生苦寒，是一萼红，二色莲；如此，你拥有的，不是困顿，不是冰天雪地，是行走间，三步乐，四园竹，好人生自在身边。

我想，能褪去一件虚华的衣，人也许能走得更轻松自在，无有沉重包袱压身；能简单热爱喜悦事物，坐卧间，心神如云在青天水在瓶，时时与自己在一起；能情深独往，去看你从不迷失的风景，寻得一萼红，二色莲，三步乐，四园竹。

我相信，情到深致，不论为文、书法、绘画或者摄影，甚至任何一件喜悦做着的事，皆存着雅，予人以美以趣。仿佛见其人，感其松上清风之气、石上清泉之韵。幽而如岫含云，深也似溪蓄翠。能让人目沐而清，心欣而喜。

|篱墙戴花|

好句精选

与俗世不做过多纠缠,清心自喜,与人不过多往来,保有独处的喜悦,时光就会为你结篱,结在时光深处;待人随和、友善,能随缘,知自足,无过多贪欲,不争不抢,命运就会为你结篱,结在命运的深处。

一直珍藏的老物件,或一本少年时的日记、一首老歌、一场老电影,是旧梦,如暖阳,如霞光,暖着,热着,美着,似乎从不曾薄凉过。旧梦也是黄花酒,叫人醉;是梅花飘雪夜,相思忽发。

旧梦几多,落花几瓣,光阴酿酒,白云碗倒满,滴一滴狂狷,映一枝清瘦的梅花影,温慈一笑。

身边一张纸上,泛着黄,写不写满,都是刹那芳华。醉过醒过,那些枕戈披甲、兵荒马乱的岁月上,桃花落了白马一背,就差尘世一封诗笺,便可十里红妆,扬鞭归隐。

从此，此心人间，结篱成墙，垒石为灶，执箒温粥，相宜静好。

把这样的心意，写上几句，与人分享于网上。总有人，懂得相安而静中，给日子润了色，给光阴生了香。如读者清夜无尘留言说，饮一杯光阴茶，取春水为墨，书一纸狂狷。是知这狂狷，不过一点点，落于那一张纸上。

在那张纸上，我行了很远的路，一位名为"田园居士"者也是懂得——这远的路，所以留言说：背着古琴走天涯，淡泊明志，宁静致远，最终择一个清净处，发呆，读诗。说得多好，心下暖如春水破冰。我知道，在那一页诗笺上，写诗人隐去，留下几行，会有人奉茶而读。

所有的岁月，到最后，我只愿篱墙戴花，灶上温粥，相安于日常。

已无过多奢望，存上光阴的恩慈心，养上一枝瓶中花，束起腰身的花香，正一寸寸漫过每一个晨昏。我们彼此，笑而不语，在一张桌上，一页秘而不宣的诗笺上，静守月圆天心。

抬起头，我们看到，月光正翻过篱笆，照在窗花上，如水之澹澹，清冷甘澈。

如我们彼此的眉目一样，含着水一样清白的光，和心底一圈圈漾起的涟漪。

我们向往过姜夔的《疏影》中所描绘的"有翠禽小小，枝上同宿"

之岁月静美，也深爱袁枚《消夏诗》中"不着衣冠近半年，水云深处抱花眠"之退隐之妙。

在光阴的笺上，我们也曾于一字一词上过活，所写所记，都是山野人家，结篱垒灶，素朴日常生活百种千般的乐趣。

深知身在世，真正能退出浮华，归隐宁静之地，不是易事，但动此一念，身心早已启程。

在哪里结篱，在哪里垒灶？

与俗世不做过多纠缠，清心自喜，与人不过多往来，保有独处的喜悦，时光就会为你结篱，结在时光深处；待人随和、友善，能随缘，知自足，无过多贪欲，不争不抢，命运就会为你结篱，结在命运的深处。

能安顿己心，做喜悦事，自带光芒，不困守，不自弃，如明月穿云，行走自若，光阴就会为你垒灶，垒在光阴动人处；不论世风扬沙，时时能净心，物我两忘，淡泊几分，温润如玉，生命就会为你垒灶，垒在生命动人处。

也许昨夜或前生，白云碗上的酒痕还在。

但篱笆上的牵牛花，牵出一墙的喇叭，欢乐地吹奏花香；我添柴的石灶，火舔着锅，粥生着香。这是一个崭新的、诗歌打开的早晨。一些美好事物正在醒来，两碗热粥，端上了桌。

交给风去纵宠

好句精选

　　把爱与恨、苦与乐、得与失都交给了风，由着风去纵宠。我只想，我像一粒跋山涉水的米回到稻香里，像一片掉落的花色回到花瓣里。

　　许多许多年前，我写了一首诗，完整的不记得了，唯记得其中几句：风是刀，风是情人的话，风是桃开了半坡，风是有人被吹散了。

　　后面还有五十多句，反正诗很长，如今想，长到随风而逝。

　　孤独时，劈面而来，风似刀，割得人眉眼身心皆疼；喜悦时，迎面而来，风若情人的话，一缕缕扑来甜蜜；无忧时，风是半坡的桃花风，嫣然醉人；哀愁时，每一缕风都是不见归人惨绿愁红的消息。

　　如今，我是见过风的面容的人，它轮廓分明，眼微笑，法令纹里有往事的温度，嘴角两涡隐着诗酒年华。

我一定
会
忙成春天的

其实不过是我的想象。想象着多老了，仍可以一身清风，手弄流云，指间光阴很瘦，笑饱满，沧海桑田都收纳好，不轻易示人。也想象着无数的小细节，比如，在某棵夏深的树下，斑驳点滴，像往事被光阴的漏斗漏下的一声问候，而此时清风徐来，摇着影，好似那是故人的消息，摇曳生姿。

这时，风是甜的。

我所有的心事，都可以如此交给风去纵宠一番，那些惹上眉眼的、羁绊内心的苦愁、纠结，竟在不知觉中荡然无存。

以前在苏州时，曾在平江路走了好几个下午，那些的确小资的门店，原以为只是应景，见了才知它们大多安安静静的。门口一株绿植，或店里一面墙的明信片，或是几架书，没人说话。

听评弹时，也是静的，在那些姿态优雅的词中，总觉得我是不够安分的。所以，总是努力抓住内心那一点点的安静，徐徐地，向一片梦幻靠近。

我说不清那梦幻，是云的样子，是绿的样子，还是香的样子？总之，是一团团、一簇簇，透明的，简单的，却让人感觉那么真实、踏实。

后来，我想，那就是风的样子。

有时觉得，这样的我，只适合在深山里——深山云深处，不扰世，不忧心。所以也常动就那样念着天地悠悠,看世间过客匆匆,把自己交给自然的念头。

这个世间一切的喜悦风物,都在一派天真的自然中。与它们相处,每一天过得朴素自在,有小小的乐趣、小小的欢喜。如风吹着窗帘,染上泥土、溪水、草叶的味道。

张晓风在《春之怀古》一文中曾写:所有的花,已交给蝴蝶去点数。所有的蕊,交给蜜蜂去编册。所有的树,交给风去纵宠。而风,交给檐前的老风铃——记忆,一一垂询。

是那么欢喜。原来,一直不肯舍弃的,不过是自我不够自在、不够圆足。如果够了,且交给风去吧,交给风去包容身后错过的一棵开花树、一地凌乱的脚印,去纵宠当下你抚摸到的每一缕花色、闻到的每一碗米香,纵宠明天敲窗的雨或落进两鬓的雪。

陶弘景的《寻山志》中有句"风下松而含曲,泉漱石而生文",这就是满心的交付,松因风而曲,泉因石而文。而很多资料显示,陶弘景追求的是一种"灭影桂庭,神交松友"的超脱境界。他在《与亲友书》中也说:"畴昔之意,不愿处人间,年登四十,毕志山薮。"

袁枚"以一官而易随园"的自在,是随了心,是弃了杂念。所以,袁枚将园名由原来的"隋园"改为"随园",是恰恰好的好。袁枚于随园里，与文人诗酒赓和，风雅迭倡，见上自朝廷公卿，下至市井负贩，皆"天籁一日不断"。那"天籁"是什么，分明是自在欢喜。

每每在古人身上，见其内在精神，如沐春风之时，心神俱畅，便由此也觉得许多古人有淡泊欢喜心者，一定是将自己放逐于一片风中，所以可以听松风而自得乐趣。

交给风去纵宠的，不过是自在时心静处的安闲与宁静。

但人生，总是坎坎坷坷，劳劳营营。一日，见网上有人在我的文章后面问起"我何时才能飞到自己的心静处呢？感觉心好像被嘈杂淹没，快要溺水死亡了一样……"有人替答"和高人修佛"。

我没有回复，是因为难。有些"佛"是天生的，有些"修"是天生的，对于我们平平常常的人而言，是高不可攀的。所以，不必多修，痛就痛，痛而化蝶。就把蝶，交给风，风自会去纵宠，终会蝶生翩翩舞，任其来，任其去，任其东，任其西。

人活一生，需要的和追寻的东西太多了，或者名利，或者财富，或者爱情，或者幸福，或者快乐，或者自在……

以前看梁实秋临终前有一句对自己心爱的人说的话"我需要很多氧"时，泪差点夺眶而出。是多大的留恋啊，是多么简单的心愿啊，终是遗憾而逝。

我是一个欲求极少的人，我想活得简单点。有时，我需要的只是一扇能看见小山的木窗，有时只是一条陪我散步的小溪，有时只是一本夹着旧时月色的书。把爱与恨、苦与乐、得与失都交给了风，由着风去纵宠。我只想，我像一粒跋山涉水的米回到稻香里，像一片掉落的花色回到花瓣里。

我一定会忙成春天的

我坐流泉之上

好句精选

想活成清风活成云,过千山,绕花枝,来去自若;想活成一滴墨,被一个寂寞的诗人,望一丸冷月伤神时,遗忘在案头;想活成一道泉,在山间自在清凉。

我用一条长长的草径,把自己一捆,丢到深山里。如此一来,山无径,尘世无我,你进不来山,尘世也找不到我。

我用狗尾巴草一扫,把自己扫成空山,将尘世里一些俗念、贪求、纠缠等统统扫走。再用一天的时间,将山里的泉水装满两眼,鸟鸣装满两耳,淡云装满一脑袋,一万万朵野花青草装满一心。

如此,我便心无所染、无所累、无所束缚,可坐流泉之上,可枕清风入眠。我就是这么天真,就是看到山脚下一条草径,看到高山高高的,几丛狗尾巴草在山脚的晨光里悠然的样子,我都恨不得被它们捆走、掠走。

我会无数次地怀念——那年在云南深山里的几道亮泉：清亮亮，像一面流动的镜子，照见草，照见树，照见风，照见月，也照见我欢喜的一张脸。

泉有几道，从不同的高处流下，汇于一处，欢快地奔流。夜里就睡在泉边，隐隐泉流声，夜夜清心好梦。白日里，鸟四处叫，风摩挲叶子，一片哗啦啦。这时，泉边一坐，晨昏耽乐于此，再无他事。

就那样，在泉边一坐一天，数日与泉相伴。有时会觉得，泉在流，我坐流泉之上，清心寡念，悠然自得。

走得越深，仿佛越看得清岁月的真面目，是寂寞春又深，喜也是它，愁也是它；是秋水照芦花，清也是它，凄也是它；是白雪落素笺，满也是它，无也是它。

所以，在尘世里，有时我会活得很自我——只愿在一本书里，山林做伴，松桂为邻；只愿在一树花下，细嗅清芬，低眉自在；只愿在一道泉上，物我两忘，坐老青山。

有时又会活得很无我——想活成清风活成云，过千山，绕花枝，来去自若；想活成一滴墨，被一个寂寞的诗人，望一丸冷月伤神时，遗忘在案头；想活成一道泉，在山间自在清凉。

我一定
会
忙成春天的

  我常觉得，我是谁并不重要，谁是我才重要。而我是另一个我，或者另一个我成全了这个我。

  依我现在的性格，是盼着山门深锁，苦寒上门闩，下漫天飞雪，掩埋所有来路。然而在现实中，对交集的每一个友人，我都是温良热情，话少笑多，不与人争，不与事缠。

  这也许是两种极端，却慢慢于其间，觉得闭门是为了清洁心上一屋一窗，与人与事温柔相待；是打开窗，阳光会进来，一道流泉也会流进来。同时，阳光也会照进别人的心里，流泉也会从我的窗口，流到别人的光阴里。

  活在这世间，珍贵的也许不是"我是我"，而是"我成全了我"。这个我成全那个我，那个我成全这个我。

  我更适合向自己内心走去，任马后桃花马前雪；我更适合风霜孤寂里，冷月高悬，书墨生香。

  怀向美心，却不贪恋繁华的美，心中有个清凉的世界，任人生多少个风雪夜，我依然要做那个归人——归于己心的人。

  总会春水破冰，桃花开满山坡。我坐于流泉之上，清风一万盏，绿鸟衔杯。我知道，总有一个你在一旁，前世的孤意在眉，今生的深情在睫。

有青山

好句精选

> 喜悦与一个人的相识相知相惜，一定是彼此心中有一条共同走过的小径，有一个一起生活过的小村，有一棵两棵三四棵大树，有满山的绿，有万亩的红。

作家朋友陆苏在《向暖而生》一书的自序里提到，她曾写一首诗，配了自家房子一样高、如雪一样盛开的白玉兰，有人便留言说"你家有多美，这一树大气磅礴的玉兰，让我安静想会儿"，自此陆苏才开始细想自家的美。

那一树白玉兰，我也看过。今春，我的北方还没花开的时候，陆苏就拍了照片发给我看。感觉要比房子高，一树，一大树白，是雪，是白蝴蝶，就那样清凉地开在枝头。

要是我有这么一大棵白玉兰该多好，也许我也能像陆苏一样，成为一个浪漫的诗人。不过，她的父母给了她一棵，这样也好，光阴给了我们一个诗人。

喜悦与一个人的相识相知相惜，一定是彼此心中有一条共同走过的小径，有一个一起生活过的小村，有一棵两棵三四棵大树，有满山的绿，有万亩的红。

一座山，青卷打开，我相信我是持卷人；一方水塘，荷风吹起，我相信我是种荷人。

这个世界上，大概只有美好的东西从不吝啬。你从一棵花树上扯走一缕香，树上还会开出一万万朵；你把一朵云挂在你窗前，还有十万万朵来来去去。

我觉得，我们不该只以金钱来衡量富有。比如，我觉得我的父亲非常富有，他有一个小菜园子，他一天到晚在菜园里忙碌，他有大把大把的光阴与蔬菜待在一起，所以他是富有的。菜太多，当然吃不完，便分给邻居，父亲有的是菜，他是富有的。偶尔会去集市上卖菜，卖个百来元，回来大手一挥，对母亲说"拿去花吧"，然后又转身钻到小菜园子里。父亲太富有，他的一生都不需要钱。

陆苏在那篇自序中曾写："原谅我以后可能会忍不住骄傲地这样说话：虽然你有好车，但是我有大树；虽然你有好房，但是我有几十棵大树;虽然你有好家底,但是我有几十棵爸妈亲手种的几十岁的大树。"

我看时,像个孩子一样开心了一天,对着天空白云和远山的飞红流翠笑了又笑,对一桌子的书和几盆绿植笑了又笑。还有,之后大凡在酒桌上见人吹嘘如何赚得盆满钵满、沾沾自喜时,我总是差点忍不住要喷笑。

我知金钱于劳碌生活之重,你却不知金山银山山外有青山。

小院记

好句精选

像两朵云，行处，看烟笼千里色；又像两片月色，坐下，听新篁响晚风。那样一双妙人，无有争吵之事，无存计较之心。只向阔处爱，爱眼前人，爱日常，爱草木朝阳，亦爱风雨黄昏。

那几日，不管窗前是朝露日色，还是夕阳霞光，总听见有人悠悠吹笛。窗外不远处是一小山，吹笛人在山中。

那笛声悠扬且空灵，一缕一缕，像把绿水扯进了耳朵里，像把花一瓣一瓣拆开的声音。有那么一瞬间，我突然觉得，这笛音是来自天上，是在云间，有一对妙人，依偎在一起，男子吹笛，笛音缥缈，偶有飞鸟经过，正好衔了几缕到人间。

听这样的笛声，会格外想念一个人。想象在一个山间院落里，月光停在廊上，花色染着你的两颊，你安静得像手边的书页。这时悠悠吹笛，你在夜色里美得不像话。

想要一个茅屋草舍，山明是邻居，水秀是邻居，小院住着翠竹和黄花，住着明月和清风，住着朝霞和夕阳，住着二十四节气。在这里，云对雨，雪对风，晚照对晴空，我对一个你，你对一个我。

屋舍在山中泉边自然最好，在僻静的小镇上也行，那里有仪表堂堂的草木，有温文尔雅的山径，或者漫山遍野乱开的花，最好有水，仅仅是路过小镇也行。如此，每天都可以与草木掬诚相待，可以牵一条溪散散步，可以走到月亮升起来，蝴蝶停在花瓣上。

多年前，网上论坛还很热门时，曾在一个花草论坛里，迷不知返。因为那里有一帮设计自家花园的爱花人。他们或在楼顶平台上一草一花地建起空中花园，或者在小院子里一花一水地构建世外桃源，真的是特别吸引人的。

他们的热情更是让人肃然起敬。有的人为寻一处心仪的栖息之地，不惜放弃很多；有的人为了让花园成为花园的模样，一石一土、一草一木，不但亲自采集搬运，更是一日日亲手打磨，完成的似乎是一件举世无双的作品。

从此，这也成了我的人生梦想。

朝花绰约，夜月空明；忙耕白云，闲栽新篁；一茶一蔬，一心一境。这样一座庭院,有自然之美,有精神之境。行色匆匆间,响和景从,人心也似庭院,致和快哉。

想象过一手一手搭建的草木院落:石头铺小径,名叫至焉;尽处有小菜园,叫滋园;边有池,生着荷,自然叫荷念;不远处有草亭,听雨看月读书地,就叫宛见;屋窗前有半老梅,旁垒憨憨石,围矮竹篱笆成小小园,就叫梅染;书房古朴叫墨言斋……名字自然是这一时,静坐遐思,随意一想。在这里,你是花枝春满,是腕间轻雪,是苍苍在鬓的一个人眼里哧哧笑的婴孩,是苍古可爱,是美酒酬之不够的欢颜,是烟火红尘里一粒好滋味的盐。

所以,让我们去那门无剥啄的林深处吧,随手把鸟鸣截一段,把泉水扯一缕,装进信封,用花色封上,寄回尘世,报平安美好。

当然,在这林间,我们每天都给岁月写信,以小院里的一缕炊烟,或一片月色,或一声鸟鸣落款。

在这样的小院落里,我栽树,清风就在一边挽起袖,扶正一叶叶的绿;你裁衣,月色就凑过来扯成线,绣好一花花的红。

像两朵云,行处,看烟笼千里色;又像两片月色,坐下,听新篁响晚风。那样一双妙人,无有争吵之事,无存计较之心。只向阔处爱,爱眼前人,爱日常,爱草木朝阳,亦爱风雨黄昏。

小立倚月色

好句精选

　　一钩月，云舟纤纤，心里忽然就那么温柔如波心。那就去月色里走走，走累了，就停下来，在眸下的花前小立，倚着月色，心凝成一弦弦，有人手如清波，弹啊弹，弹得月凉如水流。

　　人在世之行色，求一份从容最可贵。春风过雨，烟满湖天；野径花明，涧水云起。于薄薄的一首诗里，于长长的一封信里，于风中、花香里、云上，与你对坐，袖口挂着二十四节气，含笑相语。

　　我曾追过夕阳，只为拍一帧晚霞图；我曾烛火读书，恨不一夜大雪封门；我曾擦亮眼睛，想要翻山越岭，眉目如画；我曾在身体里下了一场一场的烟雨，只为了小巷里打伞走来的纤细身影。

　　到头来，却觉得镜花水月，空叹一盏茶喝到空、一树花开到空，而看两手依然空空。

慢慢学会慢下来。往事若转凉，一定是有一个人先起身离席；光阴若旧了，一定是有一个人隐隐不言不笑。

不想历历往事如烟，不想旖旎光阴黯淡。

应该像一月色，浮在花光里，如画旖旎；随一桥流水，如风动琼瑶；坐在书页上，如诗行婵娟。

人一生，白云千里万里，明月前溪后溪，一分从容自得，一分自若。

七夕的月很美，那晚一直静静坐于窗前。备了茶，却忘了喝，茶凉月色暖；也展书，却未看一字，只在月色里想把墨写到老。

那夜写得一首诗，也没什么题目，就是随兴而起：窗前月一钩，欲上纤云舟。小立倚月色，清波弦上流。

一钩月，云舟纤纤，心里忽然就那么温柔如波心。那就去月色里走走，走累了，就停下来，在睡下的花前小立，倚着月色，心凝成一弦弦，有人手如清波，弹啊弹，弹得月凉如水流。

人生有太多的奔波，需要马不停蹄，有太多的前程，需要翻山越岭，能停下来，小立倚月色，静静与自己相处一会儿，是多么珍贵的事情。

看到那些急匆匆或低头看手机走路的人，我总想扯住他们，对他们说，路边有一棵树开了花，放慢脚步，闻闻花香，让心闲一闲，是对自己最好的关照。

文章写了一半,停了半日。次日夜里,窗前月下读诗,无意中随手翻一本明代诗选,打开的那一页上,竟然有"小立倚柴扉"句,很是欢喜起来。

侠客倚剑对风尘,隐者倚门看清流。人生总该有那么一些动人的时刻,便是停下来,坐也好,立也罢,凭风也好,倚月也罢,总归是心有闲处,修一盏茶缘,求一方清凉地。

小立倚月色,倚的何尝不是一种心境。那年去大理,连天有雨,但每场都像天上有人在大地上作画,就差几笔水墨淋漓,于是一挥而就。傍晚时分,在古城街上的小店檐下避雨,看游人匆匆,踏雨跑去,我寻一屋檐,倚雨自赏。对面是茶馆,正有人坐于窗前饮茶。在以前,我会艳羡不已;如今,倚雨听雨,知有人雨窗前饮茶,我也染得一身茶香,已觉得十二分欢喜。

四月底的大理,花已开好,可仍觉寒意重。所以,这连天的雨,到底是惹人厌的。可那苍山因雨而生烟墨,那洱海因雨而起云画,比晴日更美。雨晴浓淡皆从容,即好。这一时,那个屋檐的主人自顾自地忙碌,不言语,天色渐暗,雨渐停,月亮正慢慢升了起来。我借得这一檐,做个倚雨人、倚月人,即好。

小立倚月色,可听竹风传笛、画中人语,可见堤边柳影、镜中花月。既有朦胧的美，又有实实在在的好。

晚上有应酬，归时总喜欢走路。走在一片月色里，看形形色色的人，看路边花树，也听街上嘈杂声，听某个窗口偶尔传来的音乐声。

最美的自然是：走走停停，车在身边穿过，风在耳边吹过。我眼里看到的，是月色里游着的一尾鱼，是梦境里游来的，是花色里游来的，是虚幻的真实，是清凉的温暖，是美好的美、美好的好。

从此，我也盼着心是栏杆，是小楼，是藤花，是一片月色，有人倚来读烟霞诗，听流水曲，眉目明媚，深婉从容。

藤之画

好句精选

　　它像个老者，长颈临风，双目秋水，一身披雪，于一角画檐下、一坡枯草笔上，翰逸神飞逸逸然，一线绵延有跌宕，一彩焕然有精神；神融笔畅洒洒然，写一笔，笔锋颖脱，流一韵，气的萧疏。

　　拍了一秋的爬山虎。也不是特意去寻找，不过是为灿灿的秋阳停下脚步，随时偶遇。

　　更非为了拍照，仅仅是喜欢这秋日里从绿到红到黄的爬藤。常常，我只是坐在一边，有墙，会倚一会儿，阳光打在身上，暖暖的。闭着眼，什么也想，什么也不想。

　　一直喜欢爬藤，觉得它们像记忆、像往事。

　　峥嵘时，你是控制不住的，一个劲儿地爬着、绿着，要占满所有的空间。你要去寻时，它们又都黄了、枯了，只留下张牙舞爪的藤条，凑近看,藤条上还有小脚,牢牢抓着附着物。

这多像那些绿过、枯过的记忆。

爬山虎似乎总是长在僻静处,静享小年似的,不知人间愁滋味。我在城市人潮人海之外的小巷子的墙上见过,在远山的石壁上见过,在这个城市殖民地时期遗留下的老建筑上见过,在农家土墙石墙上见过。

它们总是不受惊扰似的,孤雨来时,生几分凉意;淡月落时,增几分清辉。每每在一墙一坡爬藤前坐下时,总会感觉它们也爬满我的身体。

长天依片鸟,远树入孤烟。人生若片羽,走一段山里清光,看一株爬藤逸逸洒洒,总是能让人平和几分。

对爬藤最深的感悟,便是爬藤是行走的颜料。春风起时绿走笔,秋风来后红染画。笔意萦绕,曲曲折折,与云墙、鸟影,与草色、风声,总能绘一幅美妙的画檐。

还透着芳香,风轻轻一摇,那香就流动起来,爬藤有着一身流动的韵。

爬藤有艺之老境,越是经风霜,越是浑厚、醇香。它像个老者,长须临风,双目秋水,一身披雪,于一角画檐下、一坡枯草笺上,翰逸神飞迤迤然，一线绵延有跌宕，一彩焕然有精神；神融笔畅洒洒然，写一笔，笔锋颖脱，流一韵，气韵萧疏。

我写过萝月，即藤萝间落下的月色。但在现实中，能真正享受到萝月之美，不是易事。所居之地，得有藤，年复一年地由日光来养，由月光来访，才可体会一番，才能赏得了那藤月自娟娟的美。

对爬藤另一个特别美的意象，便是与书有关。初看藤与书，是不着边际的事物，正是因此，所以那时读到唐代上官昭容那一句"书引藤为架，人将薜作衣"，便惊讶起来，继而惊羡不已。我现在静坐细想，我写的《闲掌深山万卷书》，一气呵成时，自己也禁不住把玩，却一定是因为内心曾有过这么一个书架，引藤而成，散散漫漫，古拙可喜。

张籍也有一句颇引人遐思的诗句，"藤悬读书帐"，于小院草木一角，藤蔓攀树，攀笼一处闲地，藤为帐，置一木桌一椅，正是读书好时光。

有没有可能，我们每个人都在古代活过一回。此生所向往之事，皆是有如爬藤一样坚贞的信念攀于心墙之上。会吗？会的。我应该是有一个山居之地的。借张籍诗句，改作两行，算是天真的幻想，送给很远很远的从前吧：每忆旧山居，藤蔓上墨图。

藤从春到夏到秋到冬，一直在作画。想想，人生是有画意的。

我一定
会
忙成春天的

　　人一生的行路，一开始热热闹闹，熙熙攘攘，越走人越少，你身边开始多起了荒烟。当渐渐往岁月深处走，当你在很深的地方，看到一墙一坡的爬藤时，你突然发呆，突然会发现，只剩下你一个人了。

　　最幸福的是，这时你还有一只可牵的手，一双陪你看爬藤、依然清澈的眼睛。看藤风扶芳接画檐，上面引一泓清流，通一条幽径，搭了篱笆，置了书架，缭绕了云，古朴宁谧，风物潇洒。

一一风荷举

好句精选

> 除了做人如荷外，人内在的乾坤，当如一塘之荷，能滴寒露为玉，能化清风为舞。凡事皆能超拔，万念皆可抛却。一一风荷举，心融世界，妙意无边。

荷最美的姿态，想来想去，唯二者最惹人怜爱：其一是风荷，其二是雪荷。

雪荷是荷枯尽过后，老透了，叶无一丝活水，莲蓬风干，却还要立于寒水之中，再擎起一团白白的雪。十二分的画意是有了，到底还是惹人愁思的，有怜有爱，却总归心有不舍。所以，每每看到一片枯荷擎雪，总会心软了又软，还会痛了又痛。

雪荷是真的美，是天地间不动声色的大美，是一切春风词笔写不了的美。但对于一颗柔软的心而言，倒还是愿意只赏得风荷临水，偶有雨来，或一个故人来，荷叶清甜，与之摆舞。

周邦彦《苏幕遮》里那句叫人欢喜的词句"叶上初阳干宿雨，水面清圆，一一风荷举"，像是把这风荷之韵，尽数画尽了。

画得极美，美在这"一一"，这一种姿态"举"。"一一"自然是一叶连一叶，片片成一片恣意汪洋；这"举"呢，是荷之姿态，更是荷之风骨，透着分坚贞。

想象一下，荷叶上，初阳来照，昨夜的雨滴，晶莹莹，被日光晒干，有风来，荷叶亭亭，迎着风轻轻摆，又一叶一叶田田复田田，好一个"一一风荷举"。

在西湖赏过"曲院风荷"，是春末夏初，荷花未起，荷叶一片绿汪汪，照在水里的影，也染着一片片的绿。是真好看。

春风好似是从十里外来的，特别眷顾这一叶叶的荷似的，连连与之缠绵，身姿曼妙，舞上一曲。整塘荷，这一叶舞，那一叶舞，可想那美有多美了。

曲院风荷公园名气大。其实，很多地方，都有一大塘荷。它们大多清凉凉地待在那一方水里，有时少有人来，来的只有风，风是它们的旧相识。

比如泉州的东湖公园，唐代湖面曾达4 000多亩，是古泉州十大胜景之一"星湖荷香"遗址。记得那年去泉州，除了奔着清源山而去外，东湖的荷，也是我必要看的。而且我相信，东湖之荷，一定既有老苍感又有新绿气，果然是。

东湖极静，人少了，荷格外美；人少了，风就来了。所以，那时是盛夏，火从天上倒下来了似的，但不需怕，往东湖荷边一站，徐徐的风，荷叶一摆，又摆出一层凉风，很是享受。

水面清圆，一一风荷举。我把这一句念了一万遍了吧，是因为每年赏荷前后，我都心心念念个没完没了。真的太美了，你想想那水面清亮润圆，那一枝枝的荷，亭亭般立于水面之上，这时随便一缕风，就可将这荷摆得人心旌摇曳，美不可言。

一一风荷举，是荷的风姿，也是荷的风骨。荷之姿态幽美，美可入画；荷之风骨高洁，洁可入禅。

做人若能做到荷之境界，实在难得，也实在可贵。曾讨论过以荷喻人之美德事，大家一致认为内在需高洁不俗，方可抵达一枝荷。其实，除了做人如荷外，人内在的乾坤，当如一塘之荷，能滴寒露为玉，能化清风为舞，凡事皆能超拔，万念皆可抛却，一一风荷举，心融世界，妙意无边。

赐我一粒结缘豆

好句精选

我在人生的路上，遇到的所有美好的事物、美好的人，我做的每一件喜悦的事情，我得到的每一点滴恩惠，都是因为光阴赐给了我一粒结缘豆。

真喜欢"结缘"两个字。

我曾回忆生命中的一些人，一些从未联系，却从不曾失去的人，而后写过一篇文章，其中有一句："在我长长的岁月里，你安静得像一封信，从未抵达，却是光阴里我与你结下的缘。"

他安静，在你的生命中安静得如一只停在花上的蝶、一片落入泥土的秋叶；安静得如一封从未寄出去的信，却能隔山隔水在心里默默挂念，与你此生结下一缘。由此，我也联想到人与万事万物，也是结缘的过程；事与事，物与物，更是结缘的过程。

比如，山与水结缘，桥与微澜结缘，清风与明月结缘，一封信与一个地址结缘，真是无言之美。

曾经有人问我：若可以回去，你想回到多少岁？我不假思索，说哪也不去，当下即好。苏堤春晓，平湖秋月，本不可兼得，走在哪里，就赏哪里的景，比什么都好。一直感恩光阴待我不薄，赐过我空欢喜，也赐我一粒结缘豆——那年那月那天那时，我们恰好相遇。

诚然，人最好的年华，就是青涩未退时，无世故，无复杂，无争抢，无凄怨，无缘由地一味纯真。但韶光易逝，这个逝的过程，最重要也最美好的事情，莫过于且行且惜，活一二分坦然，三四分洒然，五六分豁然，七八分施然，从而得九分怡然，十分淑然。

这或许就是与自己结缘了。你成为你自己，光阴赐你一粒结缘豆。

旧时寺庙于农历四月初八日作佛会，煮豆施人，称"结缘豆"。有记载说，"善者取青黄豆数升，宣佛号而拈之，拈毕煮熟，散之市人"，读来叫人那颗世俗的心一下子软了，一下子热了，一下子干净了。

想想佛会日，心存感恩之人，煮豆施人，寄寓善意，愿结来生缘，真是有着仪式般的郑重和虔诚的美。每拈一粒之前会念佛号几声，心有虔诚，信缘之有因有果，寄缘予世；而接受之人，豆虽小粒，却颗颗烫热，送入口中，香入肠胃，化作心底一颗热泪——是感激，是心诚，在心底发烫。

我想，心真至诚者，怀善于世者，才可得到这样一粒结缘豆吧。

结缘是一件很微妙的事，有时重在"缘"，而非"结"，一如延参法师说的"一朵青莲悠然开，明月如侣自安排，忘忧处，等风来"；有时又重在"结"，而非"缘"，一如木心曾言及的"凡是令我倾心的书，都分辨不清是我在理解它呢，还是它在理解我"。

我是个信缘人。不论与一本书、一座山、一场雪，或者与一个人、一座城，有时都是缘在牵着。或者也可说，是冥冥中，一颗结缘豆的小小恩慈，为你结下一缘。

今冬初雪，如往年必进山，年年看雪，年年看不够，也年年有不同的感悟。前两年决定每年写一篇雪，如此至少还可再写五十篇。有人曾好奇，雪就是白一片，能年年写出新意来吗？我知道能。从深雪山中回来后，写了一段文字，其中有一句"放眼闲雪白云，一整座野山，只有我的一串脚印，住了下来。下山时，回望一眼，想想人生的富有，不过是春风柳袅万丝金，深雪雅集一山银"，我是很喜欢的。我知道，那一串脚印，是光阴赐我的一粒结缘豆，才让我回头一刻可以看到。在这俗世里奔走，有几人能看到自己身后的脚印呢？

而那时我所感悟而出的"富有"，更是一粒结缘豆的恩赐。想想一整座山，除了林木、雪、鸟和风，只有我一人的脚印留在山中，我是多么富有。可是由此想到人生的富有该如何表达呢，我脑子里冒出这么一句："春风柳袅万丝金，深雪雅集一山银。"这不是我写的，我确定，这是一粒结缘豆的赐予，这是我与文字结下的缘。

写作就是一件结缘的事。好的文字，是你在光阴里结下的缘，绝非绞尽脑汁、挖心搜胆而出的。至于如何结缘，我想，一定有煮豆在先。在光阴里煎煮，怀着虔诚、美好之愿，日煎月煮。

我在人生的路上，遇到的所有美好的事物、美好的人，我做的每一件喜悦的事情，我得到的每一点滴恩惠，都是因为光阴赐给了我一粒结缘豆。

|小安村|

好句精选

  该给小村起个名字,就叫"小安村"吧。小安即富、小安即足、小安即美、小安即好。那里有云阶月地,有仪态万方的草木江山,有放养的野径水溪。

  我的朋友陆苏,是我非常佩服的一位作家。她写诗,写散文,写小村。

  她写自称"微诗"的小诗,皆是几语几行,短得人读不够。例如:我的晚安很具体 / 是一朵花的样子 // 每天不同的晚安花 / 坐轿坐船坐月光 / 去看你。例如:今夜很香 / 小村香成了一袭徽宣 // 今夜很亮 / 小村亮成了一枚银箔。

  她的散文,像初春第一朵初绽的白玉兰,看得人眼睛里满是柔软清芬。例如,她写《小鸟的早课》:每个星期一的早晨,在系紧鞋带出发之前，我总会被鸟声一再叫住，数一下栀子花昨夜又开了几朵，看一下蔷薇花的藤蔓一夜间又翻过了半尺栏杆，还有菜园里的怡红快绿，荷塘里的小莲初见……享受这天籁在肩头的临别温柔一拍，让心的快门按下这些也许无用但美好的瞬间。

不管是诗还是散文，陆苏的笔下都离不开小村——那个叫和尚庄的小村。她在城里谋生，周末两天则回老家小村和父母一起过花花朵朵的日子。在那里，她和父母锄诗行种花、种菜、种欢喜，也和父母用诗意补碗、补心、补落花。

我会爱上她笔下的一个词、一句短诗行。我会在那一个词里，感觉把灵感的翅膀张开了，朝她飞去；会在短诗行里，行八千里路云和月。

我心中最美好的小村，就是陆苏的小村；我心中最美好的小院，就是陆苏家的小院；甚至有时我去山里，在日光洒下斑驳影子的林间，用树枝画两块地方，我幻想着一块地方让我一手一砖一瓦地搭建我的小院，另一块地我会写上三个字：陆苏家。

我也有我自己的小村。这一生到终老，我想我一定会像现在这般感激着我的父母：将我生在一个小村里，而且把我放养在小村里，如山川放养一条野溪、天空放养一群群白云。

虽然我的小村没有陆苏的美，甚至小村里没长过一棵诗草，没有

我一定
会
忙成春天的

一只能衔来远方和诗的飞鸟,可是我的小村,一直养着我的天真烂漫,养着我的单纯善良,养着我天马行空的想象力。

妈妈去过我表姐婆婆家的小村,回来给我讲点滴,特别讲到表姐婆婆家的小院子美得不像话,妈妈说:"我刚一见那院子,就说我儿子肯定特别喜欢。"我听着竟有一丝伤感,因为妈妈也许还会觉得她没有给过我一个那样会开花、会有古诗人坐月光船来喝茶的小院子。但是我的父母,皱纹里有泥土的清新芬芳,房后小菜园里有年年分给邻居老人吃、怎么也吃不完的果蔬,而且有一棵几近倾倒伏地仍年年早早开一树花的老杏树和两株青春年少、长得笔挺笔挺很帅的柿树。

这就够了。每年初春盼春时,我都会特别想念屋后那棵老杏树,我就感觉我特别富有、特别美好了。

我一直在心里,日复一日、年复一年地建着我自己的小村、我自己的小院子。初春第一缕鹅黄,我安排在路口引路;入夏第一张新荷叶,我派到村口往里走几步远的小塘边上迎接远道而来的诗人;秋时暖阳勾勒的藤画,我挂满篱笆;冬时初雪,我会接满信笺,寄给尘世,报平安、报美好。

小院子里种什么、搭建什么,我已用文字反反复复地构想过,我甚至为小院子里铺的石径、为小菜园、为可以饮茶听雨的憨憨草亭取了名。在这里,我和花花朵朵一起生活,和一粒好滋味的盐一起生活,和诗一起生活。

多少年里,我把人间烟火垫在脚下,努力探身,仰望一截春光,徐徐向美靠近。偶坐一隅,逸兴遄飞,想这半生念及的,不过是这一分美、一分安。总是安心地天真着,觉得活在我的小村里。

此时想想该给小村起个名字,就叫"小安村"吧。小安即富,小安即足,小安即美,小安即好。

那里有云阶月地,有仪态万方的草木江山,有放养的野径水溪。如果给我的小村写一首诗,大概应该这样来描绘:鱼戏芰荷影,鸟衔炊烟翎。鸡啄墙角雪,灯暖读书人。

我一定
会
忙成春天的

我喜欢

好句精选

喜欢无人一径清甜，和一个人走走停停，身边有杏花白，有深柳风。喜欢简单的饭菜香，一盏清茶里浮着月色和读诗声。

喜欢静，枯坐，听水声，翻山越岭，看窗含一天雪。

喜欢白，喜欢红红紫紫百卉春。

喜欢秋水坐石上，溪鱼若影，如在画中游。

喜欢梅眼含笑，一场初雪正好经过。

喜欢绿水生烟，有小舟漂远。

喜欢风动芰荷，鱼戏临水照花人的影。

喜欢画眉声里坐，不是看山便是读书。

喜欢一封信里，一个字牵着一个字，走出一行心跳声。

喜欢纸上的春天刚打开第一章,便能看见有人摘了一朵云归来,或有人装了一口袋花籽去山里。

喜欢梨花白落满黑砚台,提笔写了一句诗,身旁人一读,眉目如画。

喜欢那些长长短短古古今今的诗行,我走在其上,随行一身月。

喜欢想象在风扬酒旗,或垂杨系马的途中,与一个笑容干净的人劈面相逢。

喜欢落霞的亭上,落着两朵云,或秋露白的草径上,印着两个肩并肩的身影,烟青色。

喜欢无人一径清甜,和一个人走走停停,身边有杏花白,有深柳风。

喜欢简单的饭菜香,一盏清茶里浮着月色和读诗声。

喜欢东篱闲爱日如年,花开的小院跑着一群嘎嘎嘎的鹅。

喜欢心肠甜蜜,对人微笑,与世无争,活成一首诗的样子。

喜欢简单、干净、清澈的底色,映着这珍贵人间最微小的美好。

喜欢内在宁静丰盈,走,就披一身山青色;坐,就坐成一片月白色。

喜欢眉染清风耳挂泉,脚下山山岭岭,终可落坐一扇窗下。

喜欢窗外一天雪,和一个人,一起围炉读一本一元九角五分的老书。

第三辑 春天是一种姿态

如你遇见一个长着春天模样的人

那他一定识得你人面桃花

远远地,他看到你的身影

知你是画桥烟柳纸上来

他读得懂你眼神里的春水波心

他在绿杨影里 在海棠亭畔 在红杏梢头

无数次遇见过你

他知你在春天里每一个美丽的姿态

他知,你来了

春天就来了

光阴，请出牌

好句精选

光阴，所以我要告诉你，我们请了人面桃花、豆蔻梢头、烟花三月、小桥流水、松间明月、石上清泉……来好好与你打一局牌。

光阴，我知道你洗好了牌，你不用催春风快马，不用派隙中驹、石中火，我自知人生梦中身，转瞬即逝。

只要我的窗口悬着一片月，墨未干，瓶花悠然，光阴，你将我所有的纸张泛旧，我依然可以宿墨走笔，题新诗，对花笑。

只要我的杯盏浮着一个人的影，翠袖就不会老，暗香自来，那么光阴，就算你将所有的往事都随风，我依然可以续一杯暖茶，看眉弯新月。

光阴，所有的局都随你，所有的牌任你洗，你布好十面埋伏吧。

我无鲜衣可穿，无怒马可驾，但我还是来了。

我知道，一个诗人，注定是被岁月、被光阴甚至被一个人，抛下，然后孤独。得见不见的往事，得见不见的往事里的人，留下的，就是那一份骄傲的孤独。

光阴，你不懂。那孤独是幽谷兰，水面落花诗，是湖心亭的雪，是野渡无人舟自横，是青山不墨千秋画。

光阴你赢了好多局，让我成为孤独的输家，可是，我在我的山，我在我的草木人间，我都是我自己孤独而骄傲的王。

剩下的时间，我们在王维的竹里馆，在东坡的雪堂，在张岱的湖心亭，在陶渊明的南山，恭候您的大驾，欢迎您布好的每一局。每一局，你都别想赢。光阴，请发牌。

我建了一座春天的城。那里住着月色，住着旅人与诗人，住着人面桃花，住着笔墨和一封封长长的信，住着细腰身的饭香，住着良人。

我建了一座春天的城。那里随处可见长发及腰的花香，青丝绾正的清风。那里随处都有十里红妆的酒，八千里云和月坐下来对饮的茶。

即使光阴你都走光了，这座春天的城里，仍住着一颗颗向善心、向美心、向好心、向阳心。

这里走在路上的、坐在桌前的、喝茶的、饮酒的、弹琴的、画画

我一定会忙成春天的

的每一个人，都是诗人，随口一出即是诗。

　　光阴，你继续发你的牌吧，你不懂，这里是一座诗的砖、词的瓦建成的美好城池。这里即使飘你光阴的雪，也阻止不了春风十里花开成海，我们活的是心中的春。

　　就像我们参不透佛，但我们每个人身上都有佛性；那么，就算我们做不成诗人，也可以诗性地活。

　　光阴，所以我要告诉你，我们请了人面桃花、豆蔻梢头、烟花三月、小桥流水、松间明月、石上清泉……来好好与你打一局牌。

　　你一定不知道我抓了什么牌。我可以告诉你，我手中有李白的月、周敦颐的莲、陶渊明的菊、林逋的梅，一张张的好牌，看你奈我何。我出的每一张牌上，都有黛瓦粉墙、烟柳画桥，都有好鸟相鸣、好水作响。

　　你以为给我惊、给我苦、给我四下流离，我就无枝可依、无牌可出吗？

　　光阴，请出牌！我的手头，就剩下几张牌，一张一首诗。你赢得了我，你赢不了我的诗。

|路过民国|

好句精选

在一张老照片里,在一件旗袍里,在一首诗里,在一封信里,我们阅读着民国的光阴,阅读着民国的风景,我们就这样一次一次路过它。

在朋友圈看到一张照片:男女分坐于两把老椅里,男着落落长衫,女穿素雅旗袍,两人眉目安宁朗清,中间小几上摆一挂老钟。发照片者留下几个字:路过民国,定格姻缘,坐停时间。

不知这照片是两个新婚之人的美好作品,还是一个摄影家的才艺展示,总之,那画面,干净,简洁,有无限宁静之美。

我不由得在"路过民国"四个字上浮想翩翩,也在"坐停时间"上忘尘忘我。

也曾向往过民国。

我一定
会
忙成春天的

　　一来民国并不遥远，好像自己一不小心就可能出生在那里，心中有了踏实的想象。

　　二来因为旗袍。我一直骄傲地坚信，这个世界上，最美的女人是东方女人，而东方女人中最美的是中国女人，仅仅一件旗袍，中国女人就足以倾国倾城。

　　三来因为书信。在那个动荡的年代，在那些颠沛流离的岁月里，两个人仅靠信件，就可以见字如面，一生相牵相系。

　　我们再怎么向往，也是回不去的。世间有一种美，是因遗憾生百种柔情。所以去不了民国，但我们可以路过。

　　在一张老照片里，在一件旗袍里，在一首诗里，在一封信里，我们阅读着民国的光阴，阅读着民国的风景，我们就这样一次一次路过它。

　　也许我们不过是一个秒针，一秒一秒嘀嘀嗒嗒地走着，却总有一秒能遇见光阴的时针。可每一次交集过后，都成路过，光阴就是这样无情。

　　但有过一次，该庆幸，该感恩。就如同怀念一个人，无着落，空荡荡，突然某天匆忙地穿行人群中时，于嘈杂的喧嚣里，街边一个不起眼的小店里传来一句歌声，那是你遗忘的属于你们的歌，你便在那里路过了自己曾经惊心动魄的爱情。

是的，能不经意间一次次地路过民国，在略一发呆的短短一分钟里，你身着了长袍，坐于茶馆窗前。茶香袅袅，窗外一树桃花正开着，人力车夫从树下经过，小商小贩从窗前经过，人潮人海也从眼前经过，而一个美好的人，身穿旗袍，也正从窗外经过。

她路过一个茶馆，路过一棵花树，路过那一天的人潮人海，路过你的心，自此，再相见与不相见，你都会为生命中这样一次路过而心动不已。

酒坛乍破一船香

好句精选

> 望不到峨眉山，就望江水，望两岸，望清幽旷远；就听水、听风、听天籁空灵。一口酒香，三分醉意，草岸船头，水流云走，架一船香，就这样天长水远地去了。

那几天因为一些诗词，在查阅清代书画家张问陶的资料，读得其《船山诗草》卷八《扁舟集》中有一篇《青神舟中不得见峨眉山与亥白兄饮酒排闷》，可谓真性情之作，饶有趣味。

其中有一句"酒坛乍破一船香"，读来便醉人。醉在他内心的那份天然自在，醉在他随遇而安的性情里。

诗文主要写了张问陶在船上看到白云遮断峨眉山，便自嘲了一番，因其素不佞佛，邈视佛、鬼、神、仙，便说自己这是"报应"。

但不管是望得见，还是望不见，对张问陶来说毫无影响，他性情豪爽，从不随老媪谈因果，于是便打开酒坛，自由自在地饮起他的酒来。

我喜欢这样的心境、这样的胸怀、这样的格局。

人活一生，真的活的不是有多少锦衣玉食、有多么人模人样，人活的就是"精神"二字。所以，我对有自己精神光芒的人特别崇拜。

而在诸多精神之中，随遇而安，是我尤其推崇的。如此的人生，才能从从容容，不悲不戚，不患得患失，在哪里，都是一副安静自在的神色，气定神闲，不似人间人。

再想那一船酒香，是何等淡定、潇洒。

望不到峨眉山，就望江水，望两岸，望清幽旷远；就听水，听风，听天籁空灵。一口酒香，三分醉意，草岸船头，水流云走，架一船香，就这样天长水远地去了。

耽之心

好句精选

心、耽于善，于世于人，一生温慈、温暖；耽于真，为人处世，一生坦然、自在；耽于爱，行行走走，一生清婉、旖旎。

"耽"字很有意思，它主要义项有二：一是沉溺、迷恋；二是停留、拖延。

说它有意思是指二义似有关联，人一旦沉溺于某事，必会为此停留，拖延人生行程。或许，从"耽"字身上，也能看出词义的演变之妙吧。

但"耽"字本义是指耳朵大，且下垂。查资料得知，《淮南子·地形》中有"夸父耽耳"句，说的自然是夸父长着大耳朵，一直垂到肩上。可是，从本义到后来之义，又是怎么演变的呢？查无结果。

我只能自己想象一番：夸父族人人长得人高马大，又称巨人族，据说他们热心"公益事业",当然更是"路见不平一声吼",做了许多好事。于是后来就有了"夸父逐日"的故事,成了夸父族扬名天下的经典案例。

因为耳朵大,能听人言?因为耳朵大,能听到神与万物的召唤?不得而知,但他们热衷于做好事,甚至有点沉溺其中吧,因此,后来"耽"字,就有沉溺迷恋之意?

人若能一生,心有迷恋的人、事、物,我总觉得是件很幸福的事情。每每看到那些老手艺人,不管是纺布,或打铁,不管是捏泥人,还是做油纸伞,我都会看得入迷。

甚至有时会幻想,有那样一个小小的镇子,或村子,住着的都是这样一些传统老艺人,那该多美。他们世世代代不离开小镇小村,对心中的热爱,更是不离不弃,就这样沉迷其中,不管时光多老、额头的皱纹多深。

耽于热爱之事,耽于一个地方,耽到老,一生的执念,都交给了光阴。

我想,若有这样的地方,那里一定是安静的,来的人,也是带着热爱、痴迷的人心,在其中,走得缓慢再缓慢。

有如此痴迷的人,也总是会慢下来的。

他可能因此耽误了锦绣前程，因此耽误了荣华富贵，但他将自己留在自己一生钟爱的人身边，一件美好的事情之中，或一处愿意老在那里的地方，任世俗的眼光如何看，任名利如何催，他都无动于衷，拖延着，不动身，也不想动身，只停留于此。

从来没想过，"拖延"竟然这样美，因为一颗耽之心。

现在非常喜欢那些有耽之心的人。他们沉迷于自己所爱的事物当中。有人画雪，一画六十多年，看报道里那些作品，都带了生命的颜色，一颗心在上面跳。

有人爱着汉服，会千里迢迢去看一次汉服表演，日常里得闲便穿上身，举手投足间尽是美。有人爱着老手艺，不舍丢弃，手工精作，专心，热爱，人老了，手艺更老。

一颗耽之心，一定是这珍贵人间最珍稀的风景。心，耽于善，于世于人，一生温慈、温暖；耽于真，为人处世，一生坦然、自在；耽于爱，行行走走，一生清婉、旖旎。

狂风吹月亮

好句精选

> 好似刚才在文字里看到的一切,都是大风吹来的,是一个人的身世也好,是历史的尘烟也罢,反正月亮不管,任狂风吹,月亮还是那个月亮、大着,亮着。

挑书的时候,看到一个书名《册页晚》,知是车前子作品,但不太了解具体内容。想来应该是襟怀淡泊,素笔小品,带烟火味,却不失云蒸霞蔚吧。

册页,是动人的,是池萍突然落雨,滴在人的心上,水雾一丝丝盘起。看古人册页,简短,或琐事,或诗情,因短而生长念。

晚,这字不知作者到底何意,但就是美。三个字在一起,好像看晚霞飞,看晚霞落,既有壮美,亦有惆怅美。且先不作过多感想,待慢慢阅读再说。

买下《册页晚》，还有另一个惊喜，是看到书中第一篇的题目《狂风吹月亮》，喜欢得不得了。

如果没有《册页晚》这个书名，只是这一篇《狂风吹月亮》，不需看内容，我亦会毫不犹豫地买下这本书。我常说，有时我花一点钱，买下的就是几个字，或一句话。这是多年中我购书的癖好。

我一直想去集市上卖诗，虽然还没成行，但若是有人这样做，我一定会蹲下来，细心地读，然后挑一首我喜欢的，买下来。

所以，我买下这本书，其实是买下这五个字。

这句"狂风吹月亮"，应该是作者从李白的《司马将军歌》中一句"狂风吹古月"化来的。李白诗中的"古月"，是"胡"的隐语，指叛将康楚元、张嘉延。我不管什么隐语不隐语，反正我就喜欢从字面意思去理解。你看，狂风再狂，任它吹千年，月亮还是那个月亮，亘古不变。这是多么美的禅意。

车前子将"古月"换作"月亮"，细细品，还有另外深致的韵味与意趣。"月亮"二字，读来上口，亲切，且不管它的身世，不管它是古是今，反正"今日"之所见，便是这么一个月亮，多了一份随意、从容、自在。

狂风，可以是世风，是尔虞我诈，是是非，是恩怨，是种种肆虐，是狼烟滚滚，是沸沸扬扬，任其吹，肆虐地吹，撕扯撕咬地吹，但心中有一个月亮，高高悬起，万山肃立，自是月朦胧鸟朦胧，任尔东西南北风。

狂风吹月亮。这五个字，是车前子坐在阳台上抽烟时冒出的句子。他说"风很狂，月亮很大，就有了身世之感"。他说这是写实，却让我一下子跌进这写实的一幅画中，我看不到风，我看到被风吹歪的大树、被风吹散的云，看到月亮，大月亮。

这样的写实，是内心有大世界、大境界的人，才可以落字的。

因这种身世之感，车前子想到嵇康，"踏着狂风，嵇康抱琴来了"。随后为嵇康洋洋洒洒落墨，写到最后，正看得起劲，他又突然来了一句"洗脚刷牙快上床，狂风继续吹月亮，睡觉"，不禁莞尔一笑。

好似刚才在文字里看到的一切，都是大风吹来的，是一个人的身世也好，是历史的尘烟也罢，反正月亮不管，任狂风吹，月亮还是那个月亮，大着，亮着。

书香上人衣

好句精选

读书时的快乐,是宁静而美好的。那时的静,是一个人沉浸书中,无吵嚷,无喧嚣,在文字里享受着美好的时光。你会觉得,在那时,整个人都香了。

寂静时读书,哪怕两三页,都觉得周身清清凉凉,一刹那,空山新雨霁,春色上人衣。是真的静,此时书页里,微风响庭树,清泉鸣天籁。还能看到飘飘鹤骨仙,两人松下对弈,或一人系舟垂钓。

那种静,让我觉得不是人坐于书房里,是整个书房搬进了心的一室中。再读到深处,又觉得读的不是书,好似用文字在描绘,描花一枝,画云一朵,案头山水,花月玲珑。这样的书房,可留明月,可纳熏风,书一笺言,上有烟霞。

想想无数个春天里，早早地攀一座山，探寻一丝丝春色的快乐，便觉得这读书之乐，也莫过于此了。春天的美，是一下子就闯进人的眼睛里的，是一下子就喜上眉梢的。而读书何尝不是这样，书香一下子染了一身。我把这样的阅读时光，称作书卷气的光阴。人有书卷气，最美的不是向外发光、炫耀，而是向内安稳、从容。如此，我们手头的光阴，过着过着，就过成书香味了。

不但光阴有书卷气，自然亦有。因喜山林，微草细花，松风溪烟，一样一样都好似书页馨香，让人流连，所以一直觉得自然是本大书。一山、一径、一草、一花，自然也都带着曼妙的书卷气。

去欣赏我们中国的园林，你便很容易从一树、一花、一石上，看到书卷气的。树，还是跟别处的一样葱葱茏茏；花，还是跟别处的一样红红紫紫；石，还是跟别处的一样粗粗糙糙。但如陈从周所言，这些由建筑、山水、花木等组合而成的园林，是一个综合艺术品，富有诗情画意。经过一番叠山理水，造就"虽由人作，宛自天开"的境界。

而读书时分，又常让我觉得：那一时，是人在书中优哉游哉地走着，走在草木纷披的自然之中。甚至那一个字一个字，都是小径，一笔笔直，一弯弯转。我常读着读着，就在某个字的笔画里迷路了。我这样说，倒是让人觉得有些奇怪吧。于我，却是那么平常、真实，绝无故弄玄虚、虚张声势之意。

比如有一次读到清代了亮的《写兰石有寄》,我在"一片空山石,数茎幽谷草"两句里,把每一个字每一笔都走了一遍。走到头了又回来再走,觉得哪个字都好。甚至在"一片"这两个简单的字里,都走得欢欣不已。就像我突然闯进这片石里,先是直直地冲了过去,然后石多,开始这里"一撇"、那里"一横折"地赏看。看到几茎草,在这幽谷里悠然自得的样子,我便走在"幽"字里,曲曲折折,不愿意走出来。

我在那时,真的闻到书香了,而我的衣上,也染着书香。

王维《书事》:轻阴阁小雨,深院昼慵开。坐看苍苔色,欲上人衣来。想想小雨刚停,天色轻阴,虽是白昼,却懒得开院门。坐下来看苍苔,那一份绿,清新可爱,简直要染上人衣来。

我曾在这首诗的意境里痴痴流连,也曾想,能上人衣的,对我来说,一是春色,二是书香了。读书时的快乐,是宁静而美好的。那时的静,是一个人沉浸书中,无吵嚷,无喧嚣,在文字里享受着美好的时光。你会觉得,在那时,整个人都香了。

书香上人衣,多美!在这个浮躁、快节奏的时代,读书能让人慢下来,慢下来,书香便能轻轻地、静静地,染衣而来。

鱼在玉里游

好句精选

> 那如玉的光阴里,你是桃花鱼,我是水草丰美;你是鱼戏莲叶东,我是莲叶戏鱼西;你是池鱼衔花影,我是风动千林翠。

鱼在玉里游。这是在作家朋友陆苏的一篇文章里读到的句子,她写小村老家门口的池塘,说池塘"成了一汪翠绿"时,"鱼在玉里游"。

好一个"鱼在玉里游"!因为对陆苏文字及生活的了解,所以我一眼看去,眼前的字,都变成了翠绿绿的水,如镜,映天上的云,也把风映在一圈圈的涟漪里。而鱼,胖的、瘦的、长的、短的,都似闲庭信步,优哉游哉地在水里游着,不,在一块玉里游。

那个池塘有多美呢?陆苏不说,她只需一个字,就给读者传递出无限的美意来。

玉在中国五千年的文明史中，一直绽放着晶莹、温润、典雅、无瑕、坚贞、谦和之光。

读《诗经》，有时会觉得这部中国最早的诗歌总集，分明就是一块玉，三千年来一直莹然放光。而《诗经》中，玉更是意象纷呈，《郑风·子衿》中有"青青子佩，悠悠我思"，《卫风·木瓜》中有"投我以木瓜，报之以琼琚。匪报也，永以为好也"，都是我们常常吟哦之作。还有"白茅纯束，有女如玉"（《召南·野有死麕》），"巧笑之瑳，佩玉之傩"（《卫风·竹竿》），"言念君子，温其如玉"（《秦风·小戎》），"何以赠之？琼瑰玉佩"（《秦风·渭阳》），等等。

古人喜以"玉"喻物喻人。称月亮可以为"玉盘"，对男子的美称可以是"玉郎"，还有，泉是"玉泉"，阶是"玉阶"，手是"玉手"。

大凡用"玉"，其物其人，一定是美得不可方物，不论是外在还是内在，都让人赞不绝口。

所以，我们可以想象，用"玉"来喻水，那水该是怎样的晶莹亮洁、清明灵秀。看水的人，一定是被惊艳了，甚至惊呆在那里，不能动弹。否则，流动的水，怎么就和静止的玉联系在一起了呢？

孟郊《寒溪》诗中有句"绿水结绿玉，白波生白珪"。想象那绿水之美，真的是美若一块绿玉吧。古时溪多、潭多，自然水也多。而水，更是本真本性，清澈明净。特别是深山中的水，纤尘不染。人于溪边、潭边一坐，山风、鸟鸣、落花也一同坐了下来，只赏流水，似乎可销万古愁。

这时，眼前的水是玉啊，如玉一样的洁净，如玉一样的珍贵。你一发呆，便感觉纵身水中，化作一条鱼，自由自在，好不快乐。

一想到最漂亮的水，就会想到漓江。"漓江的水真静啊，静得让你感觉不到它在流动；漓江的水真清啊，清得可以看见江底的沙石；漓江的水真绿啊，绿得仿佛那是一块无瑕的翡翠。"上学时背课文，只是背"漓江的水"，并不知到底真正美在哪里。后来，年岁渐长，越来越知道，若那水，是真的静、真的清、真的绿，是多么难得可贵。直到去看了漓江的水，也才能更深地理解了水的美。

那年去桂林，自然也去了阳朔，去看遇龙河。沿遇龙河一路而去，每到一处可亲近水的地方，都会停下单车，与水亲近，一路禁不住赞叹，桂林山水简直是大自然最杰出的画作。而那水，真的清得让我直想一头扎进去。一整天的时间，我虽在岸上，却一直觉得我就是一条鱼，一条欢快的鱼，一条戏水的鱼。

想想我们手头上一些珍爱着、喜悦着的光阴，何尝不是玉呀。因为珍爱，光阴似玉，有着玉一样的质地；因为喜悦，光阴似玉，散发

我一定
会
忙成春天的

着晶莹的光泽。

我用了"珍爱"和"喜悦"两个词，是觉得，光阴光用来珍惜是远远不够的，于光阴中还需要有一颗喜悦心，喜悦地用完属于自己的光阴，那才是好光阴。

我看到过最美的书法，不是书法家四处活动挥毫，而是每日于书房里，在自己的光阴里，自在欢喜地走笔。那墨是玉墨啊，那书写的光阴是玉一样的光阴啊！

我看到过最美的人，不是涂脂抹粉、花枝招展、招摇过市，而是清爽爽的一身布衣、清凉凉的一脸端庄秀气，在自己清喜的时光里，从从容容地生活，做着喜悦的小事情。

在这样如玉的光阴里，你是一尾鱼——桃花流水里游，游在一整个桃之夭夭的春天里；秋水烟凉里游，游在秋水文章不染尘里。

那如玉的光阴啊，是"春风吹动芭蕉绿，秋水笑嗔樱桃红"，有着洁净的本质；也是"春风绮语少年志，秋水寒烟老客吟"，从来都是莹莹放着光。

那如玉的光阴里，你是桃花鱼，我是水草丰美；你是鱼戏莲叶东，我是莲叶戏鱼西；你是池鱼衔花影，我是风动千林翠。

这样如水的光阴，是玉，我只想做一尾鱼，游在玉中央。

心肠到底甜

好句精选

> 一想到,可以为美好的文字,执笔舐墨,心就甜蜜成一滴蜜了。微笑是甜的,风是甜的,山间的月色是甜的,你步莲而来,你也是甜的。

我一直认为,那些美好的文字里,有草木香,有白月光,有一个玉一样的人,把墨写到老。你读的时候,不用回赠一花一草,你一笑,山川含翠,百花开卷,就是给一本书最美妙的赠予了。

所以,我也努力保持自己的美好,向这样的文字徐徐靠近。

日月也有自己的文字,一缕朝霞,一山落日,都是一行行的文字;草青着,青成一行;花红着,红成一行;风吹月,是一行;月揽云,是一行。

一想到,可以为美好的文字,执笔舐墨,心就甜蜜成一滴蜜了。

我一定
会
忙成春天的

微笑是甜的，风是甜的，山间的月色是甜的，你步莲而来，你也是甜的。

少年时喜欢甜———一切的甜。为一块糖，足足可以开心一整天。这块糖还不舍得吃，一直藏着、捂着，生怕被人抢了去。

年少时，开始喜欢刺激的味道，只是因为心难得满足。再年长一些，更喜欢淡淡的味道。不论是风，还是一个人的微笑，都愿在那淡淡的一缕里，不可告人地沉醉。

再老一些的时候，会愿意将自己淡到无味。可是，即使那么无味，心肠却越来越软、越来越甜。

读到袁枚笔下记录的杭州一人所作之诗句："面目为谁槁，心肠到底甜。"这一句让人久久凝视，久久遐思，又忽地感到美好照面。

一个人形容枯槁，老到让人感觉再无滋味之时，难免会心生悲凄。但这样的容颜失色到底是为了谁？有那么一个人在心里做伴，心肠都是甜的。

这诗句，是真的好。

曾在深山里，守着一挂泉，只想那样老下去，心里甜蜜得不舍得与人分享。

在泉边见草见野花，在泉边见白石，见月色，也见天地，见山河，见这世上难得一见的"神仙"。那神仙，是让人内在清凉的叮咚水声，是周身日光花草香。时光在那里那么慢，心底甜甜的，我知道那是神仙让我尝到的味道。

尝神仙酿的露，尝神仙院子里一小片风景碰亮的烛火，尝神仙月光杯里的花色，还有那远道而来的天蓝色。我能尝到的，都是上天的恩赐。

所以，在我的记忆里，那一挂泉，是甜的。

想想人一生能够一直感觉到甜蜜的，只有懵懂的少年时光，即使有愁，有酸甜苦辣，却皆是过眼云烟。越活越明白，甜的东西稍纵即逝，比如光阴，比如往事。

我知道，世事是苦的；沧海桑田是苦的；一个人与另一个人，也是苦的。不论是友情，还是爱情，或者与陌生人无情的交集，大多是苦的。还有那些磨难、困顿、迷茫、失败，一样一样填满人生，苦涩相随。

但突然在初春看到第一朵玉兰悄然而开，突然于忙碌中寻得小园小坐听听鸟叫声，突然在书页间闻到细细的花香，心一软一甜。再多的苦又算得了什么呢？我们应该在这个珍贵的世界上，与人与事温柔相待。

我一定
会
忙成春天的

　　我的一生注定会有苦涩，但我一生都在笑，因为心肠到底甜。如此，我看到我在一片绿里笑，在一团红里笑，在白月光里笑，在一块玉里笑。

日安为晏

好句精选

能日安为晏的人,一定是有着内在大世界的。他若峨峨青山一人,能杖藜且行歌;若青青竹色一身,能摇霜听秋风。流年如水,日安为晏,安之若素,风月娟然。

能把平平常常生活过得风月娟然的人,一定是花可参禅酒可仙、风可枕眠月可弹。这样的人,有深幽孤峭一面,亦有清水热闹一面。每一日,在她那里,都那么生动、俏丽、有风韵,是一萼红,二色莲,三步乐,四园竹,日日安宁美好,日日是好日。

把每一日过得安静无嘈杂,过的其实是一种珍贵的心境。那些喜欢争吵不休的人,总是过得动荡,过得了无生气。

平淡一点,安宁一点,你才可见日常沉静的美,才可享光阴寂静的芬芳。

我一定
会
忙成春天的

    有一多年老友,极少联系,却时常会想到他。我能想象得到他每天的生活:早起,做早餐,去上班,工作闲暇也许会写点文字;晚饭后,展纸写毛笔字,或弹一会儿钢琴;周末或小假期,会去拍照,或画画,或在楼下简陋琴室教小孩弹琴。

    他的生活很简单,人内向,温和,永远对你笑,一定还是那么瘦,说话细声细语。

    他的书法写得极俊朗潇洒,琴也弹得好,画也深邃多姿。这些,他都是从零学起,一日一日沉浸其中,一点一点练习的结果。他曾取笑自己说,他学得杂而不精,哪一样也拿不出台面。可是,我在心底,是那么羡慕他。

    他的每一天,都过得与世无争,安静喜乐。

    越来越喜欢父母的生活哲学。父亲一生做过许多小买卖,老了后守着个小菜园,种各种菜,太多了吃不完,就分给周围的邻居,然后也去集市上卖。卖得百来元,回来高兴地交给母亲。母亲一生不管钱,总是欢喜地接过,买这买那,少有买给自己的。

    想到此,也想到屋后一株老杏树,每年开花的日期,父亲都记在本子上;还有两棵柿子树,秋天挂满红灯笼,在风中发光。

    我常想,那些蔬菜,红红绿绿,是老家的小园诗,父亲从其中走出来，提着一篮篮的读后感。父亲一生并不富有，没有人际交往，甚至没有朋友，没有娱乐享受，到老，他只有一个小菜园和一个和谐的家。

我想起我高中时喜欢的那个"晏"字。我曾写过，这个字是我的"初恋"，我想象着一个言笑晏晏的女孩，在我的青春里，是我写的那些朦胧诗行里的丁香枝、豆蔻梢头。

在一些词典中，"晏"字的第一解释，是"晚"和"迟"之意；其他解释，则是"天清""明""安定""温柔"等。

少年时，对"晏"字的喜欢，自然是因为"言笑晏晏"一词，所以"晏"字一直给我一种美好的感觉。但一直有疑问：为什么会有"晚""迟"之意呢？

后从网上查得资料，不知出自哪里，摘录在此：晏，从日，安声。"安"又意为"后院""后宫"。"日"指太阳。"日"与"安"结合起来则表示"太阳像皇帝结束一天的上朝回到后宫那样回到月亮身边"。本义：太阳下山，月亮还未升起的时段。引申义：天晚、迟暮。

很有意思的解释，让人从中也能读出一种宁静的浪漫与美好。

当然，我喜欢"晏"字，还有一个原因，即将这个字拆开来，就是"日安"。人能一日一安，是何等珍贵。可能我的少年时期是动荡的缘故，所以那时就盼着人能得一分安宁。

如今，对这份安宁更加向往与推崇。人能安静在自己的内在世界里，能安宁无愧天地地行走在尘世里，能安闲于朴素的日常里，便能活得洁净饱满，无忧无惧，自得喜乐。

日安为晏，一定是一个人内在世界的最高修为。这样的人，不以物喜，不以己悲，安静、安闲地生活在日常里，写毛笔字，那字便似石边清溪水，自性清净，又如水中石，藏锋有气韵；守着小院种菜种花，那一菜一花里便能见平常生活中的不平常。

能日安为晏的人，一定是有着内在大世界的。他若峨峨青山一人，能杖藜且行歌；若青青竹色一身，能摇霜听秋风。流年如水，日安为晏，安之若素，风月娟然。

养

好句精选

> 养好春天，人心里自有春色半间，草木慈悲盈我怀；养好性情，见人生何等光景，皆能倾山雨入盏，泼月色入画，依篱落，看秋风；养好笔墨，书似青山，纸上滴绿，笔下自有天地，再弄风研露，云烟绕目，清溪洗心，花光照人。

写了五年多专栏。某一日，一读者说：永远也忘不了你的第一篇专栏文章里"养石头"的美好。并说一路看过来，才深深地懂得，文字是可以养人的。

我回头看那篇《我送一眉好水》的文章，开头一句便是："我曾在一个古朴造型的花盆里，养过两块石头。"

我记得清楚，当时用这个"养"字，是自然而然的事，写到那里，无有思考、停顿，出来的就是"养"字。因为那两块石头不是盆景摆设，我把它们看作有生命的。石是在山上捡来的，置于花盆，与花一起养。

喂花水时，也喂石头。对我而言，养石头，就是养一座山，养我与自然相融的心气。而且那石上，不是空身无物，而是有溪流，有风有云，亦有花枝藤海。

我养石头，石头也养我：养我的美好，养我的心性。再想想写作也是养人的，我应该感谢写作，这一路上，让我成为清风，成为明月，成为草木写下的一章、花月眷顾的一阕，也让我成为我自己，更让我像文章里提到的我养的那两块石头一样，既能"尘埃之外，卓然独立"，又能"空山无人，水流花开"。

天养云、养风、养雨、养雪，世界才斑斓；地养草、养木、养河、养山，万物才丰美。想想这个世间一切的事物，竟然都是养出来的，不由得心里泛起一股暖流。

平常日子里，养花养草，也是养一个人内心里的花草精神。那些花草，朴素、安静，所需甚少，却可清新案几、芬芳书页。或多或少，每个家庭，都会养一些小花小草。有了这些花草，日子仿佛就不一样了，有了草木气息，生活也似乎变得芬芳了、丰盈了。

我还喜欢养墨。十多年前，我建了一个文档，起名"自静养墨"，每次写文章都是打开这个文档开始我的创作。有时，一鼓作气写就一篇，便移到专门的文集里；有时，文章写了几段，写不下去，就放在那里，每次打开文档，都会看到，像养在那里，养在我的心里。他日，终会灵感突发，笔墨饱满。文档里的"墨"，是我美好的梦想，每日养着，我才觉得我是个没有浪费生命的人。我有一朋友，其办公桌上有一台大砚，他并不会书法，但可能因为喜欢，总之，我去时禁不住趁闲乱写了几笔，他就开始每天闲暇时在那儿磨一会儿墨，说是我来便可以随时写几笔。也看过那些书法家，每天都要研墨习字，执笔舐墨，他们在日常里养着一团好墨、一段好光阴。

除了养花草、养墨，我还想养几样美妙之物，用诗意来养，用心境来养。它们缥缈，不真实，却是我内在世界不可或缺的。

我想养一坛月色。老家东院檐下墙边能见几个空坛子，没做什么用，就那样随手放置。每回老家，我总是会东院西院小菜园里看看，因为喜欢坛坛罐罐，自然早就发现了它们。不是什么值钱的物什，无非是老辈人用的家常物，但还是那么欢喜看到它们。好多次想拎回自家，但总是没有跟父母开口，就是觉得，它们在那里，蒙了尘，经了风吹雨淋，依旧在那里，也无他用，但看着踏实温暖。夜里有时会去东院坐一会儿，守着那棵老杏树，或一畦畦的菜。某次折身回屋时，突然看到一坛里有光，细看，是前几日下过的雨水，此时映了月亮进去。忽地心里一下软了，老房子在旧，住在老屋子里的物什也在旧，

我一定会忙成春天的

空坛子虽无用处，却养着一坛子月色，那么美。我也有一二小坛，也一直空着；偶尔哪年春天，也许会插一些花枝进去，大多时间都是那样空着。就在里面养一些月色吧，夜里看书，月色养在坛里，日子安稳平常，就好。

我想养一窝云。武夷山有"云窝"，史料载，春冬二季早晚，洞穴里常冒出一缕缕云雾，在峰石间轻飏游荡，舒卷自如，由此得名。不知名由谁起，总之是让人一见便欢喜的名字。《武夷山志》记载：云窝历来是古代文人墨客、名宦隐者潜居养心之所在。至明代时，兵部侍郎陈省曾在上、下云窝之间，兴建了十六处亭台楼阁。如今去看，已无当年盛景，云窝败落，但坐于其中的石凳之上，不急于赶路，心下有云飘来似的，很是让人觉得清凉洒然。我是痴痴想在心中养一窝云的人，因为尘世喧嚣，养一窝云，可以拂去眼中尘埃，洗心涤虑。我常觉得，书页上一直缺的就是一个坐下来的人，缺的就是一团云白。所以，平常的日子里，窗下小坐，对花饮茶，或读读书，闲下来，能得无限妙趣。如此，你追求的山峰有多远多高，都有云雾绕缭相伴；你要走的路有多么长天远水，都有风轻云淡相随。

我想养一条小路。越来越坚信，你看到什么，不是眼睛决定的，是心里有什么决定的；你走怎样的路，不是脚决定的，是心里有什么样的路决定的。你迷恋春径草绿路，自然会走进花气野桥春，染得轻衫映柳新；你避尘世喧嚣，心置小园香径，自会择几多好日去走，那小径通幽独徘徊时，自有万千春风扑面来；你在烟火生活里养一条书香路，草木纷披为行，你走在其中，风月娟然，还会迎来清风客、远道而来的吟诗人。荒烟路、岚气路、春风路、霞光路、翠微路、云海路……我知道，只要我愿意，我从心的柴门开始，可以养得一条条幽期芬芳的路，那是我一个人的良辰，或扶藜野步轻，或通幽带云行，走得闲适如神仙。

日常里，养一缸荷，可享亭亭净植、香远益清，也享那芰荷丛一段秋光淡；忙碌奔波里，养点闲情养点淡泊，可累时有排解、苦时有安慰。诗人的心里大多养了一只叫孤独的小兽，一行行的诗是它的美味；画家心中一定养了一双发现美的眼睛，每一走笔，都是他的眼神在走在描绘。

日子是养的，光阴是养的，笔墨也是养的。养好春天，人心里自有春色半间，草木慈悲盈我怀；养好性情，见人生何等光景，皆能倾山雨入盏，泼月色入画，依篱落，看秋风；养好笔墨，书似青山，纸上滴绿，笔下自有天地，再弄风研露，云烟绕目，清溪洗心，花光照人。

我一定
会
忙成春天的

九月见鹿帖

好句精选

> 一早起来,阳光像一道圣旨,奉天诏曰:白云上朝、蓝上朝,皆奏请赐予微笑的人、真诚的人、良善的人、美好的人清风盏、百花酿、流泉一匹、霞光万道、草木味道的书和戴花的鹿。

　　一日。早晨一起来,闻到细细润润的香,有些浓郁,有一丝甜。"这香是黄色的。"我在心里说了一句,又一笑。这香自然来自那一株蓬蓬勃勃的米兰,开的花是小黄米粒,一串串,挨挨挤挤。接连几天,我都会在黄色的香味里,开启我一天的芬芳旅程。真好。心里像跳过一只小鹿。

　　二日。一个人的心境与格局,真的太重要了。你看到什么,不是眼睛决定的,是心里有什么决定的;你走怎样的路,不是脚决定的,是心里有什么样的路决定的。

三日。清晨，雨。雨惊醒了我，然后睁眼看看天窗，雨色在窗外，雨声在枕边，我能感觉到自己微微扬了一下嘴角，又进了梦乡。

四日。翻了几页《西湖游览志》，常会在书中"旧有"二字上停顿、遐思。书由明代田汝成所撰，史料居多，详尽记录哪一处旧有什么物。那曲径，那松塔，那小亭，好似处处皆有，放眼皆是，让人好生羡慕，可惜至明时已消失很多，如今就更不用说了。水都哪儿去了？木都哪儿去了？那一石一砖，又都哪儿去了？

五日。傍晚的云，蔚为大观。可惜我知道得太晚。看以前报社一好友同事发的朋友圈，讲看云的人说了一句"今晚的云要刷屏"，她便连滚带爬往峰山跑，想跑到山顶看云。能让我们欢喜雀跃的事，如果是去看云，就那么简单，人生也就会多了许多美丽。我一直坚信。

六日。傍晚五时许，突然大雨。雨打在窗玻璃上，啪啪响。赶忙推窗看雨。想奔出去——这么急、这么大的雨点，在钢筋水泥里看与听，总是少了韵味。就在推窗看少许之际，雨一下子又没了。真的是一下子，快到我以为自己做了一个梦。

七日。一友问：我常想一个问题，人到了渐入中年这个年纪，活的意义是啥？我回：到了这个年纪，意义并不重要了。意义是有所求、有所愿，亦是有所期待、有所图。不去追寻意义，比如把紧张的光阴浪费在美好的事上、喜悦的事上，不为什么，只是喜悦，就是最好的意义。就像吃美食，并不一定是为了填饱肚子，美食还可能喂饱你的眼睛。半生里，有太多的时间，是在追求、寻找、得到中迷失自己、丢失自己，把自己包得紧紧的，活得复杂。这时节，要往回走，要去找另一个自己，活得苍老而天真，往简单里去，包括不管活的意义。我想，这就是最幸福的意义了。

八日。今日白露。天气明显凉了。白露真是个好听的名字，自然是一个女孩的名字。二十四节气里，白露大概是最讨人喜欢的。这名字，清清凉凉，又不失温度。节气到白露，天气也开始清爽起来。天更高了，云更白了，风更清了，草木尚无萧条，气温刚刚好，不热不冷。人生的节气里，也应该有个白露。

九日。读了十几篇古人写的登临诗，忽地一想，古人游览大好山河，需要多少舟车劳顿的奔波啊。像李白，仗剑去国，辞亲远游，这一去就差不多27年。据有心人统计，他这一生总共到访了18个省市自治区、206个县城乡镇，攀过80多座名山，游览过60多条江河，足迹遍布大半个中国。

古代车慢、路远，试想这样的游览，得耗多少时间、精力与财物！但同时，我突然明白了一个道理。为什么李白能写出那么多脍炙人口的诗作,当然,不但是李白,古人皆是,我想有一个重要的原因就是,古人能享受行走的过程,而不是结果。当下的旅行,多是一列高铁,或一架飞机,过客似的,到达一个旅游景点,走马观花,即使待下,也不过三五天。没有过程,哪来的滋养?山河草木的滋养,是一个诗人的精神食粮和灵感源泉。

十日。午饭吃的妈妈包的饺子,咸了,依然吃得喷香、吃得饱饱的。后去不远处的"城市书店"坐了会儿,看了余光中的书,看他写关于"写信"的话题文章。随后沿环海路看一看——到秋了,想看看我曾拍过照片的一处爬藤。那一年偶遇,三株爬藤爬出三棵树的样子。那时觉得很庆幸,因为我知道,这些爬藤每年都会长得不一样。果然,今年的爬藤长得有些乱、有些杂,毫无造型。不过,也没什么,爬藤哪管这些。

十一日。上午十时左右准备回家,时间尚早,便得闲去山路里转转。小山在小城的最西海岸,僻静少人烟。有一条小径通向山。刚入小径,两边是绿化林。再向前,稍开阔,生杂草,无人打理,却也正好。周围几乎都被树木包围,这一开阔地,我曾数次于其中逗留,也多是在秋天。草枯出一种苍凉之美,没人知道,我能与这些枯草一待就是半天。有时,坐在草丛边上看松叶,或闭目听风;有时,给这些枯草拍照片，或折几枝造型有画意的带回家。今日也在那里坐了坐。草尚绿，松风阵阵，偶有鸟拍打翅膀的声音，却寻不到它们的身影。这样坐坐，少许的安静，却能满心欢喜。

十二日。下午噼里啪啦的雨点，砸窗砸头。一下雨，我就感觉身上开始长满枝枝叶叶，长了一个小亭子，长了一条草径——很奇怪的想法。雨声渐大，好像砸在我的枝叶上、小亭上、小径上。有人来听吗？从小径远处走来，于小亭里听雨打叶声。

十三日。米兰枝上的"小黄米"已基本上全部萎谢了，香走了十多天路，累了，暂且休息一下。等待它们再一次上路。

十四日。早起去垛顶山跑步，见的都是老年人，但他们大多精神矍铄，面带蔼然，让人动容而心生美好。在这山上，见过早春野杏花，见过两只小白兔。喜悦的光阴里，说不定我还能见到一只小鹿。

十五日。一早，看到朋友圈有人发"今天早上广州飞机停飞，为北回的大雁让路"的消息，而且配了视频：大雁排成一字形，飞过天空，"壮观的生命景象"。坐在那里，感动了好一会儿。但我知道，这样的"新闻"应该不是真实的，于是上网查了下，原来在去年就有这个"新闻"了，而且白云机场已做过回应：当时有飞机延迟起飞，并未停飞让路。天空本来就属于云、属于鸟的，什么时候，人类能真正为大雁让路，那么人类对大自然才是虔诚的。人类的步履太快、太匆忙，不知要到什么时候，才能真正为一草一木让路、为一朵花让路、为一条河让路。

十六日。我最想要的奢侈的生活，便是在一小院里养花养菜养鸡养鸭，在微笑里，在精神明亮处，养一只清澈的小鹿。任一墙之外，世事飞沙走石狼烟起，光阴千军万马浩荡荡。

十七日。又翻了翻顾城的诗集。说"翻"，有时会让我觉得不敬。但就是在这随意的翻翻里，往往最能见出自己读时的喜或不喜。每读其诗，总是让人生出疼爱心。他真是个天真烂漫的孩子，有点脆弱，在自己的世界里玩耍。如果他最后不做那件疯狂事该多好啊！世界在他眼里，虽有不堪，但因他的天真、他的烂漫，这个世界，就是美的。

十八日。天是真的凉了，秋意层层染上草木、染上人衣。竟然不记得往年九月份，是不是也这般的凉意袭人。记忆越来越泛黄了，有时想一事，怎么也寻不出个头绪。这也是今年写九月帖的原因吧。从什么时间开始，每年都会写四月帖与十二月帖。涓滴之笔，日常之事，不过是想在最美最珍贵的时光里，留下一点痕迹，可作日后怀念的篇章。

十九日。雨，淅淅沥沥，从下午一直下到夜里。我是极喜欢雨的，

我一定
会
忙成春天的

一到雨天，就觉得特别缠绵。南方的梅雨天气，我确实没有真正体会过；我所经历的，不过最多是一个周大雨不停，却愈发地让我兴奋起来，而不曾有一点潮湿带来的不快。雨天在山上，那简直会美得我一个人乱叫。当然，这只是心里的一种感觉。实际上，我会静静地听雨看雨，听雨落在叶子上、泥土里、水面的声音，看雨与叶缠绵、雨与湖水缠绵、雨与草径缠绵。下雨天，也是看书的好天气。人在雨声里，是很容易柔软下来的，这样与书缠绵正好。周作人有自选集，取名叫《雨天的书》，张晓风也有一本同名的散文集，我想，他们都是领会到雨天读书的妙处吧。

二十日。连续两天的阴雨天，一早起来，阳光像一道圣旨，奉天诏曰：白云上朝，蓝上朝，皆奏请赐予微笑的人、真诚的人、良善的人、美好的人清风盏、百花酿、流泉一匹、霞光万道、草木味道的书和戴花的鹿。

二十一日。散文集《喜欢你，是一首诗的样子》马上要上市了。什么是"一首诗的样子"呢？我想，你珍重待春风，柳绿花红就是你的样子；你心有荷风送香气，亭亭净植就是你的样子；你微笑待人腮边桃花一簇开，可爱的深红浅红都是你的样子；你温良处世荡胸生层云，清风就是你的样子；你恋着书卷多情似故人，万卷书容就是你的样子。

二十二日。写《九忍》：一忍世事烦扰，二忍常生怨心，三忍无权金，四忍祸福倚伏，五忍人生几何，六忍常迷失，七忍不自懂，八忍九九八十一难，九忍人生十转九空。

二十三日。今日秋分。这几天天气是真的凉，早晚路上很多穿长袖的人。这时候开始，南方也会逐渐有了秋意。人的衣服，人的皮肤，人的眼睛，该染上点秋凉。秋凉能让人知道，一件暖的衣是多么珍贵，知道皮肤感知的外在世界是清凉还是溽热，知道眼里住下秋水秋色清喜于心。

二十四日。今日中秋节，和妈妈一起敬了月，一起吃了大月饼，一起看了一会儿中秋晚会。深夜时，窗前月下独坐，无茶无书，月色是最好的茶，是最美的书，就那样饮于眼、读于心。

二十五日。看到一组照片，是关于专门为动物过马路而修的桥。路穿森林而过，本来就是抢了动物的路，但能修得一座桥，为动物准备好绿色的通道，这是多么慈悲的善事。而且桥上植满了树，是真的绿色通道。

二十六日。我有好几年，几乎不看任何新闻。那些苦难，那些不公，那些疾病，那些不幸，每看到一次，就像刀扎在身体上，很痛很痛。其实，我知道是扎在心上，但会感觉整个身体在接受着痛苦的煎熬。我想，我的身体似是要历经了这样的痛，要收纳这些苦难等，才能使得心底的祈愿成真。

二十七日。晨起读古文——袁枚《戊子中秋记游》。此篇文章颇有趣味，明明记的是"游"，开篇结尾都在发议论，但所议又确实好，叫人莞尔，也引人深思。议的是佳节、胜境、名流三者合在一起的非偶然事，但这非偶然之事偶然得之，是真叫人快乐。中间写了这个非偶然的偶然经过，先是苏州唐眉岑携子到袁枚的随园来住，谈到他拿手美食是蒸猪头，正兴兴而谈时，又言及这猪头是美味难以独吃，可是哪会再有客人来呢。袁枚可能性情洒脱吧，于是说，你且做好，说不定就有不速之客来。却不料，此后，接二连三分别来了三位佳士。唐眉岑便开始蒸猪头了，后提及他们四位客人远道而来"未揽金陵胜"，便提议小游一番，其实是想让大家饿一饿再吃会更香。袁枚在文中记了此游，笔墨清丽，寥寥数字，美不胜收。文之末，感叹起来，说其人生之中秋，已过五十三个，"幼时不能记，长大后无可记。今以一虤首故，得与群贤披烟云，辨古迹，遂历历然若真可记者""人生百年，无岁不逢节，无境不逢人，而其间可记者几何也"。想想我们何尝不是如此，很多人与事，小时记不得，长大也无可记，能留在回忆里的屈指可数吧。袁枚这一感慨，也勾人顿首沉思，思绪难平。回头想想，这篇小记，让人觉得很有嚼头，特别是这"一豖首故"，真是好玩。一个猪头引来的缘分，让人会心一笑，又觉妙不可言。

二十八日。九月是北方最好的气候，不冷不热、不生气、不生躁，心境也平和。人心一平和，能见清风、见明月，能见青草地里的一只鹿。所以，很多年想写九月见鹿的一篇文章，到今天还没写，就写个简单的日志吧。

二十九日。傍晚落了一阵雨。没想到今年的秋雨这么丰盛，虽然一场秋雨一场寒，但寒生雪，雪生千千万万朵花。

三十日。下午，天忽一阵晴，忽一阵雨；云忽一阵白，忽一阵黑。这个世界上太多忽一阵好、忽一阵坏的人。能保持自己内心的一片天地、一方水土，就能保有鹿一样清澈的眼睛了。山明水净夜来霜，数树深红出浅黄。我想，我在草木清凉的九月，见到一只鹿，奔向十月秋色。

月色回到墨的家

好句精选

我省下许多时间,做着喜悦事时,我就忙得像个孩子,欢天喜地;无事时,我就等着,等着一首诗回到我诗稿的家,等着赏心的三两枝花,来叩我的门扉。

时常会在一幅水墨画里,或一帖毛笔字里,痴迷着,迷不知返。感觉如走在一缕墨里。那一缕墨,也像云,让人走得轻飘飘;像月色,让人走得静悄悄。

一幅画里,一痕远山也许是诗人的家,一缕流水是小桥的情话,一树梅是有人一夜相思忽发。而那笔下蘸墨,一笔笔写出的字,又好似人走的路一般。一笔一画里,横竖撇捺,能见一个人的身影、心性与照身的光阴。

那流淌于笔墨间的光阴,不浓烈,清清淡淡,微微散着光,有一分洁净，有一分安稳，像调了一片月色入墨，让人宁静自在。

人一生需要点画意，需要点墨的精神，才能在那平庸的生活里，闻得荷风送香气，听得竹露滴清响。

明代陈献章有一首《拉马玄真看山》很有意思：

官府治簿书，倥偬多苦辛。文士弄笔砚，著述劳心神。

而我独无事，隐几忘昏晨。南山转苍翠，可望亦可亲。

岁暮如勿往，枉是最闲人。近来饮酒者，惟我与子真。

能移柳间舫，同泛江门津。

诗通俗易懂，且如邻家兄长，亲切蔼然，与你去看山，与你絮絮而言。无事染身，做个闲人，在日常里总有陶陶然。

即使居于一浮螺之内，也可浮螺得月；即使劳劳役役奔波，也可找点闲，无事赛神仙。

最近在写山水古画里的美意，所以每日都会翻看大量资料。除了了解画家的生平、事迹这些对领悟画意有帮助的资料外，最美的便是在那一幅幅画前发呆。

时常我会禁不住一上午无数次盯着那一幅，禁不住连声说"真是美啊真是美"。我触摸不到那些真实的笔墨，我只能在画意里寻得美意。

当然，更多的时候，看画能把我看得特别静。是夜里，桌上花草

我一定
会
忙成春天的

与书页宁静悠然，窗前的月光也蹑手蹑脚在那里走着。我感觉我的耳朵睡了，听不到别的声音，唯有画中山水的梦呓；我的眼睛也睡了，却看到一片月色走进了墨里。

可能因为我有太多的月夜捧书、看花、写诗，所以某个夜里，我突发奇想：月色的家在哪里呢？它们一直在我的窗外这样游荡着吗？

直到有一次写作写到酣时，一抬头，天窗洒下月色，眼睛一下子从酸涩变得温柔起来。我觉得那些月色来到了我的文字里、我心中研好的墨里，那是月色的家啊。

我甚至一厢情愿地认为，正是因为月色回到墨的家，所以我有幸能成为一个借一缕墨行走人间的人，我甚至有幸能成为一个诗人。

如果我是一片月色，我愿意回到墨的家。让宁静归于宁静，诗意归于诗意，爱归于爱，就像一片月色回到墨的家，它识得每一个物品的美与好，认得每一寸空间里微小但迷人的气息。

常听人说，生活哪来那么多诗意，更多的是锅碗瓢盆，是不堪，是拼搏，是苦乐。同理，除了大灾大难，生命哪来那么多计较、贪心、妄念、争吵。去掉纷争、恩怨、纠葛、贪念，省下的时间，足够你诗意生活一回。

是的，我省下许多时间，做着喜悦事时，我就忙得像个孩子，欢天喜地；无事时，我就等着，等着一首诗回到我诗稿的家，等着赏心的三两枝花，来叩我的门扉。

世间有美，有安宁，只因为有人懂得归来。就像摘下面具，归来的天真；就像穿过人潮人海，归来的宁静。

风回到林梢的家，回到一串串挂着的清亮的露；月色回到墨的家，回到一笔与一画的旖旎的夜；你回到诗歌的家，回到一行行拈起的花枝的香。某一时刻，内心的宁静像一个家，你仿佛走了八千里路，终于携了云和月归来。

光阴烟视,故人媚行

好句精选

想约一个故人,一路媚行,回到很旧的旧时光里。去看走过的街道,去寻往事的路口,走累了,就找一个老地方,一杯酒,一盏暖茶,坐看落霞。

有一年,所在的小城大搞绿化,丢下许多粗劣麻绳。我捡了很多,带到一座荒山里,那里有很多枯木,无人管。我想用那些枯木搭个小亭子,然后想借麻绳缠绕出点世外的韵味来。

搭建不是个简单的工作,因为没有太多工具,要完全借助枯木的形状,很难做好。最后只搭建了一张桌,东倒西歪,而且没有椅子,我只好站在桌前,有些失落。

这时,我想:我若带一套茶具摆上去,那不就别有情趣了吗?满山的风,吹着树叶,野花在一旁自顾自地开着,一壶山中茶,自有人生况味。

哪怕只放一只碗，露水会来，月光会来，说不定，还有一瓣花落了进去。他日，有人经过，站在一碗花的桌前，不能言语，却心生美好的怀想——也许会成为他一生耐人寻味的经历。

拥有这样一段光阴，我们从此便成了岁月里不曾见面但美好的故人。

"故人西辞黄鹤楼，烟花三月下扬州。"越老越喜欢李白，这千年的丽句，这诗意的送别，怎么不叫人欢喜呢？辞别不带凄凉意，孟浩然此行，从此也成为一段后世传唱的诗话，更是一幅曼妙的诗画。这段"烟花三月"的光阴，只属于故人，绮丽深情。

而"信手拈出，乃为送别绝唱"的王维诗《送元二使安西》不得不说其绝妙天成。"渭城朝雨浥轻尘，客舍青青柳色新。劝君更尽一杯酒，西出阳关无故人。"李白是辞别故人，送到繁华之地；王维则从"客舍青青柳色新"之美景中送走故人，其恋恋不舍之意，一景自生别绪。

一浪漫，一深情，这样的光阴，这样的故人，是人间佳话，也是人间传奇。此后，珍念于心，烟视媚行。

光阴与故人，似乎都带着体温，让人安心。而与光阴、与故人的

我一定
会
忙成春天的

相处，这样的烟视媚行最好。是的，这样最好，这样也最美。微微一看，慢慢行……

听到刘莱斯名叫《浮生》的歌时，心里一惊：无人与我把酒分，无人告我夜已深，无人问我粥可暖，无人与我立黄昏。

惊的是，这落寞，是捡了枯枝，绽不出新叶；是空，是整个人、整个身体、整个灵魂空荡荡的空。这空里没有一段旖旎的光阴可回味，没有一个人，没有可怀想的人，更无可依靠的人，去抚慰内心，去念想过往。

如果缺了那么一段光阴，少了那么一个人，人一生该是怎样的苍白？

我想在山间搭木屋，不过是想邀一段好光阴，约一个旧故人。于日常里，读书为文，种花煮茶，侍奉的不过是一段细腻的光阴，我想如此，总会于某一天相逢一个见或不曾见过的故人。

在我长长的岁月里，邀一段光阴，约一个故人，大好山色，如烟而视，每日缓缓相遇，婉然媚行。

想邀一段光阴，去走长长的路如走没有地址的信笺，翻过山如翻过那些年紧蹙的眉头，涉过水如涉过这些年清冷冷的眼神。

去往事的坡上种一棵桃的眉眼，眉眼里全是你；去途经的红堤边栽一棵柳的倒影，倒影里又添一双旖旎；去挥别衣袖的桥头摘一朵云，云中会有未寄锦书，隔着光阴再看，也许别生滋味。

想约一个故人，一路媚行，回到很旧的旧时光里。去看走过的街道，去寻往事的路口，走累了，就找一个老地方，一杯酒，一盏暖茶，坐看落霞。

回程摘云归，我斟月色一杯，你倒花影一盏，尘世的忧伤，我们揩云以慰，美好同路，烟视媚行。

第四辑 养活一团春意思

我看过的山与水、草与木
我写过的春意思和欢喜心
它们知道,有一帮人,美好的人
正从一个叫旧年的地方走来
举止山水般干净
带着大美水溪的静气
穿戴春风齐整,眉有清喜

我一定
会
忙成春天的

花香寄我回家

好句精选

回家,不是由我决定的,是美好,是花香,是身体里开着的花香,将我打包,寄回老家。寄件人是岁月,收件人是父母。

打算吃过午饭,就启程回老家了。每年都会回老家过年。出发前总是慌里慌张,收拾东西乱作一团。今年不想,这一会儿,只静静地听听音乐,静静地写几行字。

一早醒来,先将花花草草喂足了水,这一走半月有余,不知它们能坚持到我回来吗?然后静静坐下,挑一首音乐来听。前奏里有水滴滴下的声音,清脆脆的,干净、明净;词里在唱山谷里的回音,带着淙淙水声,流在尘外。真好。

有些声音,那么静,人静在里面,忘忧忘愁。老家的风声、鸟鸣、父母的笑语、盘盘碟碟碰撞的声音，相对纷扰之音，也是一种静。因为每每念及，那些声音便在耳边萦绕着，能让人产生安稳感、幸福感，它们像一道屏障，可以隔开尘世里的嘈杂，挡住岁月里的风雨飘摇。

内心的宁静，是有香味的，像静静开着的花，某个瞬间，一下子就把我带回老家。

春节，让我觉得最美的事，便是一颗尘心归了家。一路上，你会觉得身体噼里啪啦地开着花，你被花香包裹，好似这一路，是花香寄你回家。

为什么会那么欢喜？为什么会噼里啪啦地开花呢？

染在尘世，历风霜，尝百味。只有回老家的路，感觉不起尘，纯净而泰然自若。所以，这是我认为的欢喜。

而回家，对于现在的我而言，我觉得回去的不是我，是另一个我，一个更本真的我。我可以放下所有的生活担子，抛开所有的奔波追逐，丢开所有的人情世故，以本真的我回家去，欢天喜地地回家去。我的身体、我的思想，好似都解放了，一刹那欢喜到身体在一串串地开着花，这花又是喜庆的鞭炮似的，为我欢庆着一个最圣洁的精神上的节日。如今，年复一年，我越来越相信，我是带着自己回去的，心下更安静了。

除了重大节日，这两年，平时回老家的次数多了。年少时，满身

我一定
会
忙成春天的

都长满翅膀，飞向远方，一直飞才好。远方在哪里不重要，重要的是可以离开家。

想想人真是奇怪的动物。少年的身体里，到底萌动着怎样的情思，仿佛越是孤单越是远离越是好的。年岁渐长，又是因为什么，总觉得在哪里，都是孤独的，只有家，让人安稳踏实，好似在哪里都不自在。

我曾经带着"我"去了很远很远的地方，如今又带回来。回家，是一件像开花一样美好的事情。

所以，一想到"回家"这个词，就觉得它是有香味的。是老屋后那棵老杏树初春清芬的杏花香，是篱笆前的迎春香，是满园的菜花香。

我甚至觉得，回家，不是由我决定的，是美好，是花香，是身体里开着的花香，将我打包，寄回老家。寄件人是岁月，收件人是父母。

岁月把我带走了，带到多远，都会把我寄给父母。为此，我一直感恩着红尘滚滚里每一滴清澈的露、每一缕清爽的风、每一片清美的月光、每一朵清喜的花香，让我内心仍天真，不蒙尘，让我眼睛仍清澈，不迷失，赐我这人生旅程中最美最温暖的一段路——回家。

雪养人

好句精选

那雪，落在深野林塘是玉尘，落在江南屋瓦是轻素。那雪，投宿孤村出画意，落入柴门印犬吠。那雪，急，就舞回风；慢，就迎风雪夜归人。

雪是可以养人的。

一方水土养一方人，雪是灵魂的水土，养人的心性、灵性。人之心，需要热闹、繁华、富贵，甚至需要自私、纷争，总之，世象皆可成心象，尽管你不愿意承认。但更需要雪一样的质地，寂冷，清凉，白茫茫，给人生一点冬的气象，让人心沉一沉、静一静、冷一冷。如此，也能活出自己的一份灵性，不论对烟火生活的热爱，还是对自然草木的痴爱，又或者你画你写，笔下透着在世清凉的灵性，一生也就有了那么一点点不平凡了。

我是非常在意有美好心性与灵性的。差不多活了半生，才越来越觉得，世间温暖如日光、如花香，并非不养人，而雪，是真的可以透骨养出一个人的心性与灵性的。只因为不热闹、不浮华，于静寂里，悟一分，透一分，滋生一分，更真一分，更清绝一分，与世不一样，又是自己的模样。

小雪像个乖巧的丫头，忽一阵，很轻很轻地来了，生怕惊扰你似的。

明明一分清凉的白衣，来了却在你心头烧红红的火煮暖暖的茶，约了往事，邀了故人，一同来叙旧。又或者在你一页纸上开红梅，暗香一缕缕，蹑手蹑脚地，染上你指你眉。

这小雪，真的很轻。初雪总是这副模样，叫人不得不欢喜。所以有着小雪性情的人，一丝丝的凉，如在世温暖的眼，她看得清且懂这世间之情，清几分，凉几分，也暖几分。

大雪就不同，我喜欢称之为深雪。铺天盖地，洋洋洒洒，不可一世，也该是这等模样。

她清冽决绝，好似要给世间种种纷扰、苦恶皆绣满苍凉，让你心寂到底，凉到骨，盖住一切，还原你真实的内心。

所以，深雪节气最适合去深山，深一脚浅一脚，你走的不是雪路，是探向你最未知的内在。你会渐渐懂得，在那一片白茫茫里，在那天地一白的世界里,你并没有被抛弃,相反,恰恰好似找到了自己。深雪是深情,是一床天地间的被子,盖着暖着泥土里的花籽与情话,为一个春天安排最动情的开场白。

所以大雪纷飞的人,可能是自己内心,或另一个人,一生的风雪夜归人。他懂得"归"的珍贵,归于内在,归于本真。大雪纷飞的人,归来即是诗人。

还有一种介于小雪与大雪之间的雪,我称之为花雪。

也落得轻,但长情。她爱上一棵树,就枝枝条条开着白洁的花,一整个冰天雪地的国度里,树树花雪,触目生情。若说有一种花,几个月里只开一种颜色,却又美得让人惊艳,非雪莫属。

大概正是因此吧,所以梅爱上雪。梅枝上早有花萼,这花雪便温柔几许,点点片片落了进去。"数萼初含雪,孤标画本难",梅花初放,花萼含雪,是怎样的美意呢,而梅花本就美丽孤傲,若此时有人要将这萼中雪景入画,确实让人担心难画得传神。

被花雪养着的人,自然有花雪精神,她的灵魂里有香气,点染间成画成诗。

雪养人,养眉目间一点清凉、一点欢喜,养冰清玉洁的魂,养心底万种柔情,终成一个人的心性与活着的灵性。

我一定
会
忙成春天的

  古人赏雪，不论是画堂晨起闲看雪，还是孤舟独钓寒江雪，或者湖心亭看雪，都是活在这人间很美的事情。

  那雪，落在深野林塘是玉尘，落在江南屋瓦是轻素。那雪，投宿孤村出画意，落入柴门印犬吠。那雪，急，就舞回风；慢，就迎风雪夜归人。

  这些美，都是画。仿佛雪就在画里飘着，你站在画前看，忘尘忘忧，此生都不再与世与人起纷争，只静落一身雪，慢慢养出你的心性、你的灵性，只自性地养出雪之精神，你就自在清凉世界之中了。

抚书

好句精选

> 也许长风、细水、从树梢上回家的月色,知道我每一行字里蓄满的光阴,是如何充满饱满的喜悦,是如何手栽桃李珍重待春风,是如何以清凉另起一行,遇不遇到你,都会安心地老去。

我喜欢抚书,犹如抚摸一片皎洁的月色,犹如抚摸一条清亮的小溪,犹如抚摸一个开花的春天。

因为书中有草木山河的世界,所以抚,是叩门,轻轻叩开一座山的门,叩开草木家园的门,叩开月亮小院的门;书中还有古人,有老酒,有淡茶,所以抚,是交谈,与李白谈月,与林逋说鹤,与周敦颐聊莲。

也许只是几秒钟,也许是一段长久的、与书对视的时间,抚书,让我感觉手指更清凉了,眼睛也更清澈了,灵魂也更清香了。

我一定会忙成春天的

看过的每一本书，我都抚摸了很多遍。抚古卷，抚诗书，能抚摸到一行诗句里的美意，比如抚摸到云的软、水的清，甚至能抚摸到一行白鹭。更多的时候，能抚摸到古代的气息，比如一个露水的早晨，桃花慵懒地在枝头睁开眼睛，你手指上会有一个薄薄的让人清喜的黎明。

抚当下那些让人欢喜的书，能打开另一片世界，打开作者的精神家园。那里是你去不到的世界，是能让你精神超拔的家园。那里的日月，与别处不同，花色干净，物件有味道。抚摸一次，便是与主人握一次手。

很多年前在一个山间人家的篱笆墙外，看到小院里的杂花和细水，突然觉得那是我在某本书里看到的。我努力地怀想，究竟是哪本书，记不得了。但有个细节我记得很深：那本书，曾被我抚摸过。是那种摩挲式的抚摸，有些粗鲁。隐约记得当时看过那篇文章后的喜悦，所以有这粗鲁的抚摸。渐渐记得，那书不过是本普通的合集，有多人的文章，而且书是从当年办公室书架一角意外发现的，甚至有些破旧了。

书中有一篇文章，就是写作者居住的小院里，杂花如何，细水如何，还有风来的时候如何，月亮来的时候如何。总之，一个字：美。

后来，越来越喜欢抚书。有对作者的敬重，有对书中世界的向往与憧憬，更有对生命的珍惜、对美好的珍重。

抚书的手,仿佛粘满草籽,再走在自己人生的路上,一路走、一路从指尖滴落一串串草籽,人生便没有荒芜。也仿佛沾满花香,从此我打开的每一个黎明,都是明媚的;我挥别的每一场往事,都是芬芳的。

我也抚摸自己的书。我抚摸了书中的每一个字,我知道每一个字的眉眼,我了解每一个字的故事。

默默地抚摸着自己用心血写下的书,抚摸那些孤寂清美的光阴,它们明白,我是如何将心一遍遍揉碎,只为知道一朵落下的花被尘土碾碎的疼,如一生中最美的一场恋,碎了,疼了。

也许深夜的深处,知道我每一个心疼的秘密;也许满山的野花喂养的心中的野马脱缰而去的方向,知道我每一寸疆土的深情。

也许长风、细水、从树梢上回家的月色,知道我每一行字里蓄满的光阴,是如何充满饱满的喜悦,是如何手栽桃李珍重待春风,是如何以清凉另起一行,遇不遇到你,都会安心地老去。

旧书重读似春潮

好句精选

这样的旧书,字里行间,芳草连天,春风十里路。你走在其中,见与不见到那个人,都心涌春潮,开满一万万朵花。

读旧书,宜冬日,宜围炉,宜烛火,宜暖茶。

这不是什么高不可攀的愿望,是实实在在的生活。只是现在,冬日常有,茶亦能常备,炉与烛火却无踪迹。

我有过一次,却已是多年前。那时取暖多用煤炉,一边添着煤,烤着暖火,一边闲翻着书,非用功,只是闲着没事做,闲翻几页。不记得看的什么书,只记得感觉手暖融融的,书页也暖融融的。

现在,只能茶伴书香,在一个冬夜深处,大雪盖窗时,翻翻书,美得心里有春潮涌起。

汪曾祺先生有一副对联："往事回思如细雨，旧书重读似春潮。"

家里有很多旧书，也偶尔翻翻。每每读时，心下都会有莫名的感动。那些字句，是以前读过的，老朋友似的，与你打着招呼；有些已模糊了，对面相见不相识；有些却是旧知，一见便心潮澎湃。

那些旧知，如今再见，又有了新的认识，好似去一座常去的小山，明明见过所有的野花，却于某一时，突然看到半坡林间一树山桃，开着暖暖的眉眼与你相见。

旧书里有春潮。真是美。

这"春潮"二字用得太好了。旧书里本来就有着旧光阴，那些书香伴你的光阴，曾经暖过你的心也好，曾经陪你一程山水也罢，都是那么珍贵。旧书里亦有旧人旧事，每一动思情，心里便倏地涌起一股暖，是春潮啊，花一朵一朵地开，一浪一浪地涌来似的。

这样的旧书，书页里生着炉火，点着烛火，温着暖茶。这样的旧书，字里行间，芳草连天，春风十里路。你走在其中，见与不见到那个人，都心涌春潮，开满一万万朵花。

|一刹那|

好句精选

> 那样的一刹那,就像画进了画中,是一个人劈了柴,另一个人备了茶,是一个人在纸上安排了黄昏的美,另一个人在夕阳晚照里唱满了歌声。

  一刹那,很美。美得没时间思量。

  比如,在街边一个小店里传出的一句歌词里,你正好经过一扇橱窗,我也正好经过,但我停了一刹那,你走过去,影子似乎还眷恋,把你留了下来,在一面橱窗的画框里。

  比如,草木就要吐芳时,你水袖山花,正好与我的残山剩水打了个照面,我知草草逢人空识面,我匆匆过客莫容身。我懂,不容我身,可就是美啊。

  一刹那的事,总发生在心无他事、情无他人时。

我总是喜欢捕捉一个人眼神里的一刹那，那里有他不经意的性情与德行，很轻易地，足足可以看到他内心的良善、他内在的天地。

或者从一个人一句话里，仅仅是那么随意的一刹那的一句话里，听到他灵魂的声音，是清澈，或者嘈杂，是靡靡之音，还是玉石之声。

一刹那自然不足以代表一整个人，但人之德行，必是一个一个的一刹那成就的。

一念之间，一刹那时，即使隔山隔水，心中邀约，遥遥无期，但眼前总是一幅美好的画卷，是桃花马上，翩翩良人来。

一刹那时的念，是一条干净的小路。

而现世，人不得不在一条路上挤。有时只有两个人的路，都很挤，比如爱情的路，所以两个人中，有人先逃了，剩下一个人，一下子没了目的地。

那个先走的人，如果决绝，一定只是一刹那的事。那个留下的人，如果执念，一定唯念一刹那的念。

情感世界里的一刹那，是那么动人。我见过的最美的一刹那，是一对妙人，两双眼，一个对视里，弯成两轮新月，不需一言；是一封信里，某个词，一个人写了，另一个人就懂了，就笑了，就幸福了。

那样的一刹那，是琴瑟和鸣，有说不出的和谐之美。

那样的一刹那,就像画进了画中,是一个人劈了柴,另一个人备了茶,是一个人在纸上安排了黄昏的美,另一个人在夕阳晚照里唱满了歌声。

或者,在一方砚台上,她为你舞起水墨,你自暗香遣词造句,为她安排一首诗的行程。仿佛此生天高水远,流风的枝上你行了八千里,终是为了这一刹那的芬芳。

一刹那,一定是缘定了三生。

那样的一个时刻,极短,天阔何须留一云,山明何须存一溪。但就是在那一刻,山滋长,水漫长,等着那风一程、雨一程的人来。

人生总有那么一些须臾,怎么也忘不掉、抛不开,是那么珍贵。

我知道,总有一些珍贵的时刻,如赴约而来。

比如,那个时辰,衣襟上有霞,窗外青峰顶上跑来一匹白云马,书页悠然,孤意端然,此时灯未燃,只留半壁山房待明月,就是好意思。

闲愁都去了白露家,铺开纸,安排一场黄昏的传奇,让晚风中布满歌声,有人窗前烧茶,将这样一个时刻,煮出香来,一盏清茗酬知音。

蝴蝶页

好句精选

我们每个人都有一本自己的光阴之书,都有属于自己的蝴蝶页。也许我可以神融笔畅地好好写一回,写满一整本书,写老花草,写老光阴。但我的蝴蝶页上,不会留下一字,也无喧嚣的颜色,简单干净即好。

第一次知道"蝴蝶页"这个词时,心里仿佛有一部诗集,有人轻轻打开一页,上面飞起蝴蝶,翩翩,如一首小令。

那么美啊!

只看这三个字的样子就美,端端正正,又有安宁的姿态。其韵味更美,让人禁不住想象蝴蝶停在一片花色里,或月色里,安静地铺成一张纸;也可以想象成一页素笺之上,一只蝴蝶收翅,静静地于一角,守候着什么。

更美的是,只念这三个字,轻轻的,缓缓的,像一场梦。

我一定会忙成春天的

蝴蝶页是出版业的行话。蝴蝶页又称环衬，是封面与书芯之间的一张衬纸，通常一半粘在封面的背后，一半是活动的，因其以两页相连环的形式被使用，所以叫"环衬"，也有人把它形象地称为"蝴蝶页"。

是的，非常形象。打开一本书的封面，映入眼的第一页，左边的与封面背面粘在一起，右边单独一页，像一只蝴蝶，振翅欲飞。

当然，这样的环衬现在多用于精装书籍。普通的书，没有这样两页相连环的形式，但仍保留一张蝴蝶页。

蝴蝶页一般都是空白页，无字无图，干干净净；色彩单一，要么白，要么蓝，要么红，要么黑。

去年年底，我写了一篇文章《我要霸占春天所有的版面》，那时还是寒冬，但心中似乎有一页纸上早就开始立春了。我用了"霸占"两个字，偷偷开心了好长时间。我对美好总是这样不讲道理，但谁让春天在我心里，是一本美好的大书呢。

所以在文中，我自然会写到要霸占蝴蝶页：要染上淡淡的绿，不着一字一画，尽是绿，不要浓，只需淡。也不要大红大紫，不要蓝，不要白。要春水初绿的绿，要柳新低绿的绿。

雪夜读书时，最美好的事情莫过于有个火炉，暖暖地烤着书页，还有就是蝴蝶页是淡淡的绿,生动而轻盈,让人心里一下子住进了一个春天似的,有蝴蝶飞了出来。

北宋诗人谢逸曾作蝴蝶诗三百多首,被时人称为"谢蝴蝶"。可惜这三百首蝴蝶诗现存极少,想象若出一本诗集,蝴蝶的意象可以好好地在书中体现一番。甚至只是在蝴蝶页上,缀一朵小小巧巧如花似的粉蝶,不显眼,若隐若现,便足够勾人魂魄了。

台湾诗人周梦蝶也是蝴蝶痴人,他曾说他非常喜欢蝴蝶,所以便起了梦蝶之名。读他的诗集,你会觉得诗行中飞起一只只蝴蝶,在你眼前翩翩起舞。他的字特别有灵性,又特别轻盈。他写诗极慢,字栉句比,所以我觉得,他是将生命化成了一只只蝶儿,落成纸上的字,又排成了诗行。周梦蝶的一生很清贫,他每天去台北武昌街骑楼下的小书摊守着,一守就是二十多年。他就是那个负箧曳屣的人,但他是人潮人海中一个在日光里停在一页书上的人。所以,他的一生又是一本至珍至美的诗集。他的蝴蝶页,是素白的,是轻烟,是流云,是水之泠泠,是蝴蝶的翅。

我总觉得,蝴蝶页简直可以说是一本书的气质了。你的文字深邃、沉静,蝴蝶页便可是黛色,透着坚韧、执着,还有深情的诗意,仿佛上面转眼就可以传来潇潇雨声;你的文字清泠、忧伤,蝴蝶页便是梨花白，好像一打开，便可见梨花带雨，还未读一字，又觉得满眼是蝉露秋枝；你的文字蔼然、深情，蝴蝶页便可是湖水蓝，一打开就能看见斜阳恋柳、渔村落照。

我们每个人都有一本自己的光阴之书，都有属于自己的蝴蝶页。也许我可以神融笔畅地好好写一回，写满一整本书，写老花草，写老光阴。但我的蝴蝶页上，不会留下一字，也无喧嚣的颜色，简单干净即好。

我的蝴蝶页上，会藏着花影、白云、清风、流泉、月光、小径；能走在那一页上的人，一定可以看到，而且会遇到我搭建的一座春天的城，遇见春水澹烟波，遇见小桥流水人家，遇见一个人对你笑——笑出一朵芰荷，遇见白云深处石上坐着的秋水，遇见梅花和风雪夜归人。

眼睛香了

好句精选

忙多忙的生活，也不盲于心；走多远的路，都要能走回自己，走回内心。这是我一直推崇的人生哲学。我们的人生需要有那么一段段的闲暇时光，去做自己喜悦的事情。

偶然在书架一角发现一个笔记本，薄薄的，封面虽普通，但很清新，而且看上去，有些年头了。急忙打开，想看看记了些什么，却发现，第一页上写了四个大大的字：日高花静。除此，再无任何内容。

这个词，我模糊记得是在哪本古籍里看到的。慢慢地，又想起，当时想每天作花草小记录。那一年，去山里多，而且每天都会亲近草木。

但为什么一字未记？细细想来，那年工作特别多，写作的时间都是挤出来的，稍有点闲暇，还得往山里跑，另有写作计划需完成，这个小记录就搁置起来了。

我一定会忙成春天的

明知本子里没记录一字一句，可还是随手翻了又翻。那些空白的纸上，我没有落字，没有描绘一棵草绿油油的眼睛，没有摘录一篇花香，但是在那一刻，我的心是宁静的，我知道我在光阴的书页里，不曾辜负美好。曾有过这么一个美好的愿，这一时看着空白的纸张，眼睛里仿佛被一片香轻轻笼着。

忙多忙的生活，也不盲于心；走多远的路，都要能走回自己，走回内心。这是我一直推崇的人生哲学。我们的人生需要有那么一段段的闲暇时光，去做自己喜悦的事情。这样，我们就可以停一停，慢一慢，歇一歇，让生命多一些惬意、多一些自在。

那些插花者，一瓶一罐，一枝一花，细细修剪，朝暮一瓶花，不远行而得自然，多让人羡慕。她们的手指很轻盈，也很宁静；她们的眼睛很柔和，也很香。

手指怎么能用"宁静"来形容？眼睛又怎么能用"香"来描写？那些要插的花，是从花的家乡而来，背井离乡，但受到爱花人的细心照顾与妥帖安慰，所以花在一个瓶子里、一个罐子里落了户，继续一段生香的旅程。能安抚得了花香的人，手指一定是宁静的，眼睛一定是香的。

宋代诗人连文凤有一首《烧香》诗，写的是诗人坐一室，炉烧一篆香，所感所思在笔端欢喜流淌。想来，那时闻香得佳境，整个人醺醺然忘乎天地，所以诗人才能妙笔生花，才能有"清芬醒耳目，余气入文章"的美妙之意。这是何等的妙趣妙境，那清香之气，一下子让耳朵、让眼睛都醒了，醒人耳目，让人身心俱醉。

我曾写过一篇《听香》，说香是有声音的，耳朵真的是可以听见的。如今偶得此缘，竟又写得几笔"看香"，不禁莞尔，乐不可支。

那香在鼻间萦绕，叫人心灵为之一震。而那香，仿佛眼睛也是可以看到的，袅袅动人，妙不可言。

总觉得古人比现代人，多的是诗意与深情。就像这香，不论是茶香、花香、书香，皆可入画入诗。而且，不但要闻香、听香，还要看香。

林逋的名句"疏影横斜水清浅，暗香浮动月黄昏"，我们耳熟能详，"暗香"也成了今人追求的精神上的一种气质。这多亏了林逋一双深情的眼睛，才能看到那"暗香浮动"。

李清照的"东篱把酒黄昏后，有暗香盈袖"同样妙不可言。虽然在东篱的一个黄昏里，把酒之际，自然能闻到暗香袅娜，自然也能闻得袖上清芬，但是"盈"这个动作，又分明是词人眼睛看到的，而且妙处恰恰就在这一个动作之上。

一年初春进山，山林苍莽，绿意不多，可是竟然遇到一株野杜鹃，而且生在一断崖间。那时已爬了三四座山，身乏无力，看到这株野杜鹃的那一刻，感觉满眼芬芳，一身轻松。我费了极大的力气，攀至崖间，与杜鹃近距离相见。

它长在石缝里，欹斜而出。主干仅成人大拇指粗，又旁逸三四细枝，最顶端托着正开的两朵薄薄的花。那个位置，在石间，避风可取暖，所以花才早开了些日子吧。但是，那里太"穷"了，几乎不见泥土，它是怎么存活下来，且开出香来？当时看得眼睛都湿润了。

日后，我常看当时拍下的照片，每一次，都觉得感动似春潮，在心里涌啊涌，眼睛里，也开着这样一株野杜鹃。我想，曾经经历和将要经历怎样不堪的人生困苦都不算什么，因为我的眼睛，在那时润出香来。

而且，我愿意余生不断地走进山里，即便那里是"穷香僻壤"，我仍满心欢喜，"入香随俗"。

你的倒影有针织的温柔

好句精选

光阴是一池水,总有你生活的倒影。你对人温良微笑,倒影轻轻漾一圈圈涟漪;静夜书香绕身,倒影里有月光花色。你种小园,倒影里绕篱野菜飞黄蝶;你思念一个温暖的人,倒影里暖灯晴窗飘白雪。

读过一首小诗:我想告诉你 / 一个云起的天气 / 银色的小河是媚的 / 白杨道笼着夕阳的流苏 / 水彩的天空溶溶的 / 枝条的倒影有针织的温柔。

几句诗,勾勒出一幅美丽的画卷,读的人,一下子就掉了进去。轻飘飘地掉进去,不惊一朵云、一缕夕阳,不扰一丝水、一个倒影。就那样,被眼前温柔的天气、细腻的倒影攥住了,那一时,我觉得,我就住在那里,住在一幅画里、一首诗里。

为这样的画面,我久久坐在窗前遐思。我觉得,那个掉进画里的

"我",是我的倒影。一首诗生了一池水、一方世外之境,我一走近,倒映出我世外的样子来。

为这样的想法,心里禁不住地欢喜起来。

我写过洱海的绿影,借了清代大诗人、大书画家张船山在《嘉定舟中》诗中的一句"绿影一堆漂不去"作题,实在也是被诗人这"一堆"所感染,感觉再也没有一个词有如此的力量,叫人心里无限温柔又旖旎无比。

也是因为在洱海看那些枯木的倒影时,面对那静谧的一团,心生无限蜜意,再想到张船山诗中所用的"一堆",感觉那么美,带着野气,带着放纵的美。那时,人就坐在那里,白云倒映,绿草丛生,野鸭悠悠,白鸟翩翩,心里有一万万亩的水泽似的,一万万亩的温柔的倒影,恣意着,浪漫着。

如今再读这首小诗,又被那"针织的温柔"带走了,带到水边,轻轻探身张望,好似一下子,就可能倒映出另一个人的影子来。

把倒影投射到人心的温柔感,形容成"针织",这样的联想,真是细腻,美妙无比。好像有人在一针一线,将那水边的枝条,织进水面里。

我以前见过野池塘里的倒影,用了"印"字,说是那些草和树,将倒影印在水面，仿若将心里的情谊，印在一面干净清澈的书页上。如今想来，都没有这个"织"字美。

　　这让我想起，我在一处偏僻的树林里拍过一小塘里的树影。那次是带着一个本子去林间写诗的，当时被小亭子旁边的小塘吸引了。小塘里有睡莲，但只聚在一角灿灿地开，另一角就一直空着，倒映着一团团的树影。最后走时，本子上没有写一行诗，但我觉得我没有空手而归，就像小塘那空的一角，有树将影子落在里面，非常美。我那天就一直在给这些倒影拍照。想想这么一个僻静的小塘，少有人来，却有树将影织进水里，有风来，轻轻漾着，那么那么美。

　　我知道，我在一塘野水里的倒影，一定是清澈的；我在一首诗里的倒影，一定是浪漫的；我在风里雨里白里红里绿里枯里的倒影，一定是温柔的。

　　光阴是一池水，总有你生活的倒影。你对人温良微笑，倒影轻轻漾一圈圈涟漪。静夜书香绕身，倒影里有月光花色。你种小园，倒影里绕篱野菜飞黄蝶；你思念一个温暖的人，倒影里暖灯晴窗飘白雪。

　　我们该珍惜自己的倒影。行在何处，都有清水织影、朗月照花的美好在；爱在何时，都有荷风送香、竹露清响的情谊在。

　　这一生，你所珍爱的每一个人，何尝不是你这一世的美丽倒影。

我一定
会
忙成春天的

而那个和你相携一生的人,一定为你织好了一个个温柔的天气。我知道,你在我生命里的倒影,一定有着针织般的温柔。

十二月勒马听风

好句精选

> 放眼闲雪白云,一整座野山,只有我的一串脚印,住了下来。下山时,回望一眼,想想人生的富有,不过是"春风柳袅万丝金,深雪雅集一山银"。

一日。十二月是个古老的风雪城。城外十里驻守着十万万春风大军,只等立春一声令下,便浩浩荡荡,万花齐发,攻城略地。可是,时间还早,城里有人勒马听风,等漫天的雪。

坐在十二月的第一天上,自然会开始盼雪。每年一到阳历的十二月份,都会有一种光阴十万火急的焦虑感。幸好,有雪,安静的雪,白的雪,落满大地,总会让人心绪宁静下来,洁净下来。

想起洛阳有一条街叫勒马听风街,镇江有一条巷叫万古一人巷,真是好名字,诗意的名字,能让人产生美妙联想的名字。我想把这样的名字，搬到十二月城里来，然后我就有了一个城中的地址。这样，有人给我写信，就可以寄到十二月城勒马听风街万古一人巷。

二日。清晨五点半左右开始下雨，断断续续下了一天。前几天刚下过一场，没想到今秋到冬竟多雨。

最近几天，特别怀旧。可能是因为又到十二月了吧。其实，我常写往事的美，但我并不敢回头看。我赞美一样事物的美，无以言传时，特别喜欢用一个词——"美如往事"。往事哪来那么多美呢？当然亦有不堪，只是我留存下的，只有美的，所以这美如往事的美自然是怀着向好心的。

一天晚上，偶然想到《北京青年报》的一位编辑兄长。当时，我刚开始从前一段迷惘的写作中转到如今散文的写作上来，而且经历了失去最好友人的打击，人孤僻很多，决定不再投稿，只是写吧写吧，唯有写作是我的支撑，但对明天依然充满迷惘。这位兄长在网上看到我的文章，要刊发在报上，来找我授权，且写了鼓励的话给我。

他的鼓励，在那段时间，对我来说是莫大的力量。这转眼过去五六年或者六七年了，我便回头找他当初说过的话，才发现，博客纸条里，以前有那么多的各种信息，有编辑的，有读者的，一条一条地读，读得心里都湿漉漉的。

也会想起无数的人,虽然没有太多交集,但我都记得。我又一一在 QQ 好友联系人里看他们的头像,想到一个找一个看,或者随便拖拉着往下看。这些人,我会一直留在好友联系人里,也许再过十年,更无联系,但他们依然在那里,即使灰着头像。

三日。大概昨天的雨仍未走远,天阴得厉害。好几天没有写过一篇文章,只写了几则读书笔记。晚上读书时,无意间又读到以前读过的一首诗。其中写到"倒影",正好与我前几日写的有关倒影的文章片段不谋而合。仿佛一下子打开了思路,然后半个多小时,一气呵成。另外,白天和夜里,分别写了两篇七八百字的读书笔记。

四日。睡到自然醒,睡眼仍惺忪,看时间,六点半许。难得一次醒得这么自然,便起来洗漱,计划一天的工作。听了一曲《山水间》,苏一作曲,杨青演奏。此曲出自专辑《半山听雨》,与《山水间》一样,都是好名字。《山水间》琴声悠扬空灵,古琴和钢琴结合完美。那些音符,感觉每一粒都是从山间走来的,带着山水的清澈与空灵,去到一个听者内心最宁静的深处。

今天风很大,傍晚跑步时,又想起那句"勒马听风"。这世间,好似人人都有个大前程需要奔赴,所以总是马不停蹄,任狂风吹,把日子吹得横七竖八,还要每天收拾残局,重整旧山河,强作笑脸相迎未知的每一个明天。

李白有一首《司马将军歌》，是一首颂歌，歌颂一位南征将军。整首诗写得气势磅礴，把"南征猛将如云雷"的威武形象及将军坐镇气势如虹的英姿，淋漓尽致地展现出来。诗的第一句是"狂风吹古月"。"古月"在诗中是"胡"的隐语，指叛将康楚元、张嘉延。非常喜欢这一句，我总喜欢"不求甚解"，仅从字面上理解，生无限美意。想想任大风吹，天上那一轮或圆或缺的月，依旧亘古不变。

奔得再远，都在这一轮月下；追得再快，也追不上任何一片云。白云千载，悠悠我心，且共从容，勒马听风。

五日。关电脑前，不经意地看到我正写的一篇文章，开篇部分有一句"风刚读了一遍我昨天写的一首诗"，禁不住乐开了花。"风"是手误，应为"刚"：我打字用五笔，"风"与"刚"只差一个键，打得快时，手指乱飞，就难免少打或轻打了某个键。但是，这个手误，竟然这么浪漫。好开心，风刚读了一遍我昨天写的诗，是我的第一个读者，想想真是喜悦事，今晚我想盖着诗稿睡觉。

六日。今日清晨阳光大好，窗前花草影，婆娑印地。米兰在十一月底就开始长"小米粒"了，现已一串串，但还没有饱满，长得极慢。这株米兰，总是蓬蓬着一大盆的样子，每年都会开好几次花——记得去年冬天就开过几次。小小的黄米粒,说是花,更像小骨朵,散发着淡淡的清香。

天气预报说今天雨夹雪。下午,天气开始阴,有点欲雪天气的味道了。但是只下了雨,极小,无雪。傍晚五点跑步时,一下楼,迎面风扑脸,有雪花贴在脸上。本以为是错觉,再细看,果然有雪花飘,极少。晚饭时看天气预报,竟然又改成了中雪转大雪。夜里一直等雪,至凌晨,初雪未来。

七日。昨天天气预报说有雪,等到凌晨未来。今晨一睁眼,天窗盖雪。趁欢入山,经小区旁公园山顶风篁吹雪的书画院,绕去野山,行四五个小时,只有白,自然没有红妆扫雪的山里人家,有的是松边孤雪、老藤披雪、荒草坐雪。放眼闲雪白云,一整座野山,只有我的一串脚印,住了下来。下山时,回望一眼,想想人生的富有,不过是"春风柳裛万丝金,深雪雅集一山银"。

八日。今日仍有雪,只是阵雪。忽一阵起,雪纷飞如急信。昨天晚上有饭局,步行去,风携雪,来势汹汹。在路灯下看,像天上有人扬花,飘飘洒洒。穿着不厚不薄的外套,里面是薄了许多的秋衫,但围了围巾,走在雪里,感觉很暖和。这二三年才开始围围巾,以前会觉得一个大男人,还会怕风雪不成,要把自己裹得严严实实,实在是件丢人事，也觉得围巾该是女人专属。现在每年下第一场雪时，都会围上，感觉围起了一层暖意。

九日。记得前天看天气预报，是雨夹雪；后又看，预报又改为中到大雪。但是，雨来了，雪一直没来。说给陆苏听，陆苏回说：预报也说我们这儿今晚有雨夹雪，雨来了，也没夹着雪一起来，后又预报说周六周日下雪，也不知道来不来。结果，随后我所在北方小城开始漫天飞雪。过后，杭州也开始飘起雪，还挺大。这两天，在网上看到好多杭州下雪的新闻，听闻西湖赏雪人络绎不绝。可能江南下雪，确实比我们北方更珍贵。看着那些西湖打伞赏雪人，看曲院风荷公园那些枯荷披雪图，我隔着山高水远，竟欢喜如孩童，好似那江南是我的。

十日。昨天深夜，又收到"岁月静好"发来的唱诗链接，她唱的是我那首《我喜欢你，是一首诗的样子》，而且是两个版本：一个激昂，一个婉约。她自己谱的曲清唱，声音特别干净清澈，如泉水流在空山，如鸟鸣掠起水色，有刘珂矣的味道，一字一词都咬得那么深情。另外还唱了我的《唤醒芬芳》《去过》《温柔的天气，我想分一半给你》，这些日子常听。

十一日。没想到只隔了两天，又是一场大雪。可能从凌晨下起的吧，外面已是天地一白，而雪还没有停歇的意思，仍在飘飘洒洒。一看到那白，就禁不住欢欣起来，赶忙收拾妥当进山去。念及山下那株近两人高的火棘，心里就更加急切了。初雪时去拍了照片，红果白雪，入镜便是画意。这第二场雪更大，不知红果披雪是怎样的美。

这株火棘蔚然成树，不知当年是谁种下，慢慢修剪打理，成这般模样。这个小城有些街道也有火棘，修剪成球状。每年到了深秋，各花已尽数谢尽了，这火棘果开始红。我曾有几年，年年秋时沿那条路走走拍拍。后发现那个山脚下有一株成树的火棘，真是意外。我还曾在山间挖了一棵回来，可惜我没养活，伤心了很长时间。

雪一直下着，火棘果似乎更红了。雪厚厚覆满了树，白白红红相映，真是美得叫人想欢叫。但是不敢，因为旁边有一株玉兰，在那冬眠的苞尖上，有擎着一小团雪的，很有趣，很有意境，似乎你说一句话，那团小雪就会惊落了似的。

接着进山，一路雪深，也不管不顾。林间茂密处，松啊雪啊好像围起了一座宫殿，好不气派。我在拍照片时，会突然啪嗒一声，有雪压弯了树枝落下。很静的山里，这时不时听到的啪嗒声也很美。

午饭应约去一个饭店，烤着火炉，吃鱼。多年来，第一次烤火炉。窗外白雪纷纷，屋里红炉暖暖，这样的光景，何其之美啊！

十二日。昨天走在深雪山里，就计划回时要写一篇雪的文章了。

我一定会忙成春天的

不知从哪一年开始，我决定每年写一篇雪。本意只是因为爱雪，时光又匆匆，我需且行且惜，毕竟光阴似箭，每个人都难逃此劫。这一箭，开弓不回头，而日月跳丸，白驹过隙，乌飞兔走，我只有尺璧寸阴，窗外流光又容易把人抛，红了樱桃，绿了芭蕉，又白了江山。那白，我曾说过可以让人心沉一沉、静一静、冷一冷。我们喧嚣纷扰的一生，需要这一场场无声且冷清的雪。

去年写过三篇雪。一为《雪养人》，二为《一杯雪》，三为《片片好雪烧茶》。本是计划一年一篇的，多写了两篇，有一种富足感，感觉把一个雪冬多过了两次。如此一来，我曾计划的还可以写五十篇雪，这样到五十年后，我可能写了百篇了，不禁偷着乐了好一会儿。

下午过半，开始坐下认认真真写了起来，决定文章题目就叫《一篇雪》。因为昨日在山中，确有感觉像走在一篇雪的大作之中。

十三日。今天开QQ，看到泰研小友凌晨三点发来的消息，带着些许歉意。因为他曾说要为我雕一款小物件。除了知道他喜欢雕刻外，其他的了解并不多。他是我的读者，在仅有的聊天中，我却能于他所言一点一滴中，知其对光阴的珍重、对喜悦事的用心。他因为忙一直也没有雕这件小物件作品，便来问我的属相是什么，打算雕一枚吊坠。

他是忙到凌晨三点了吧，在那时很静的夜里，他突然想起曾有一诺，所以急急来信的吧。我宁愿他忘记此事，也不想他带一丝歉意。

我是个不喜欢接受任何礼物的人，包括父母给我的。在现实生活中，我几乎都不知生日礼物究竟该是什么样，我也从不在意这些。若我收到什么礼物，却会让我极不安。那次泰研提及要送一件予我，正好在欣赏他的作品，竟鬼使神差地答应下来，过后还一直后悔不迭。

泰研一来时，就喊我哥，我并无一丝不适。并非因为他所说的"你是在我心里很重要的作家、诗人、大哥哥，令我敬佩不已"，而是因为我知道他内心的真与虔诚。一个真实的人，一个对所热爱事物能有虔诚心的人，是极难得的。

我最后告诉他，我属相是清风。当然，太难雕刻了，我还是告诉了他我真实的属相。

十四日。清晨，睡眼蒙眬间，意识渐醒，记得刚刚是在做梦，而且是一个稀奇古怪的梦。梦里有女子临盆，一帮人忙前忙后。忽然有人说"生啦生啦"，我凑近一看，接生婆手捧着一朵云。那女子生了一朵云，非常好看、非常漂亮的一朵云。我当时有些惊吓住，但又有些惊喜。那些忙碌的人，个个神色畅然，好似就该生下一朵云。好生奇怪而美妙的梦。

今天阳光大好，天蓝，云白。阳光是明晃晃的，天是蓝盈盈的，云是白洁洁的。我喜欢这个海滨小城,不仅因为这里有我认为很干净很干净的海和上千公里的海岸线,还因为这个小城虽属于北方,却介于大北方和南方之间,四季分明,风花雪月天是极诱人的,要雨有雨,要雪有雪;要天的蓝,那是真的蓝;要云的白,那是真的白。

勒马听风的十二月,最难得的是于窗前,听风看云。

十五日。午间小眠,书只翻几页,睡意就来了,竟又有梦几段。

一是梦见很多本李白诗集。有人说,一生一定要读五首李诗,必须是自己入骨喜欢的。后有人提到李白有一首诗,名曰《骇武夷山》,名字记得清晰。梦里还想为什么是"骇"呢,李白怎么惊惧害怕武夷山呢?

二是梦见去取信还是做别的事,步行前往,绕好大一段路走,归时还想为什么不开车,这样可以顺道去城之西那个偏僻的村子转一圈。走在路上,抬眼看对面这个村子依着的连绵的山,想等哪天开着车来,然后将车弃之村里,人背一包,将那些山,一座座翻过去,翻到多远都不管。正思忖间,看到山间有一座直竖竖的土山,山上无多树木,有一帮人在"拆"山,从山顶开始,一锨一锨扬起尘土,飘落山脚。恨之不已。

三是梦见我给我的诗集题了一语,曰:爱已入佛,情寄予你。

十六日。看罗西发在朋友圈的花鸟摄影作品，花颜鸟姿如画般。他说："过去没有相机，不知道有这么多鸟，也觉得花鸟画很造作。自从习惯出门背个相机后，发现世界比我想象的美与诚恳。"这番话看得我莞尔一笑，我也有过看花鸟画很造作的感觉。不论是古人的，还是现代的，总觉得哪有那般美与自然呢。而且那美，是真的觉得太不真实了，比如鸟与花相亲昵，怎么就能那般生动？可是看罗西拍的那些照片，张张花鸟相戏，美得不可方物。他发现，这世界比想象的更美与诚恳。说得真好。其实，美一直都在，自然界从不夸张、从不造作，一直诚诚恳恳，只是我们缺失了一双发现美的眼睛罢了。

十七日。多想有一树梅开在窗外，即使不看它，也有芳香在心。但我知道，我的窗外，又是有梅的，它就那样静静地开在风中、开在云上。

时常觉得，人活的就是一份心境。日子平常，无惊无喜，无波无澜，越是宁静，越会心安。好风好水，好花好香，在每一个漂泊的日常里，与我相依。

所以静静地写几行字，写下此时心境，偶一停顿，恍惚着有香，染上眉目，会心一笑。

十八日。在写一篇有关苏轼可爱一面的小文。苏轼在《撵云篇》

诗中有一小引：余自城中还道中，云气自山中来，如群马奔突，以手拨开，笼收其中。归家，云盈笼，开而放之，作《攫云篇》。

我被苏轼这可爱的诗意打动了。曾有读者读了我的书后，惊叹地发来消息问我，为什么每篇文章都那么诗意、那么美，连标题都像诗。如此提及，倒有点得意与卖弄之嫌了。没有没有。也常听人问起，如何把文章写得诗意盎然。我是极认真地想了又想。我觉得，诗意是结果，一颗心结的果；诗心是本源，是一个人本心之源泉；诗情是开花，是情感绽放的花朵。所以，要先有诗心，后有诗情，终得诗意。

这是太无实际作用的诗意的总结，对人无帮助，只是去领会诗心、诗情、诗意之区别罢了。诗意的心是需要慢慢培养的，像粒花籽，要好好培育，方可有花开的一日。

我也总结了这培育的方法：一是，要往简单里活。人简单了，才可单纯，对万事万物有极大的热情；单纯了，就能看到事物的另一面。二是，不管你有一匹怎样的千里马，哪怕可以日行几个千里、行多么了不得的万里路，脑袋里都一定要养一匹"天马"，能漫无边际地"行空"，就是要多想多思索。其实，"读万卷书，行万里路"对写作有帮助，但无思索的时间与空间，一切都是白搭。

十九日。我设计了一张图片，图片下方正中是一朵有倒影的莲，正中稍偏上一点的位置有一句话："眼前一眼是红尘，脚下一脚是禅门。"然后放了一条锦鲤在"红尘"二字上。确切说，是鱼嘴的位置朝下，朝着下方莲花的位置，然后压在"红尘"的"尘"字上。再确切点说，是压在"尘"字中"小"的右边那一小点上。鱼吃了一点尘。我这样想。

我写"眼前一眼是红尘，脚下一脚是禅门"是某一年四月的事，那时人间正是好花时节。但看周身奔走之人，几多是盲目而为、徒劳而为，竟然不知停下来，心不禁有点酸楚。可能也是知道，这些人中有太多的是因为无奈，也有太多的是为名利。真是熙熙攘攘间，匆匆忙忙中，迷迷失失心。

我写此句，本意其实也简单，就是人的选择，有时并不难，不过是"一眼"与"一脚"的事。一眼里看到的，一脚下要走的，决定权永远在自己。

所以，每每看这滚滚的红尘，看那些为一点利益争夺的人，或为了所谓的美好生活拼命的人，我总是十分坚定地迈出那一脚，走向山林，走向书中，走向那一段段我做着喜悦事的光阴。

后来把这张图片发在网上，一些读者的留评也特别有禅意，摘录一二：

"名利门里的身不由己，淡泊路上的自在心。"

"一声佛号是彼岸。"

"身处滚滚红尘，心在渺渺禅门。"

"人在修禅，心在尘中。"

"横批：踩好刹车。"

"不过是，门里门外一双脚。"

"不赴红尘，难识禅门。"

"半梦半醒。"

对应我那句，再细细品这些留言，每一句，都是一方世界，妙不可言。

二十日。昨夜竟然又做梦了。梦见坐车去一个偏远的山村，住在简陋的村里旅馆中，然后赏得了奇景。这里有两种特别特别奇怪的山，一种醒后睡眼蒙眬间还记得样子，但上午再想此梦时，已完全失去了对此种山的记忆，只知道山比喀斯特地貌的更为奇特，好似世间独一种；另一种还记得清晰，山全部是由"雕刻"成人形的石头"堆叠"组成的，一片连绵着一片。那"雕刻"和"堆叠"皆非人工，而是天然。

另外，梦里还有非常好看的灌木和草，嫣红色，在朝霞里特别漂亮，远山和烟岚淡淡地烘托着，构成一幅特别美的画作。

今年里做过好几次梦。以前是倒下就睡，一夜无梦到天亮。那时是很羡慕能做梦的人，据说有的人能做一晚上的梦，据说会很累，但我特别羡慕。甚至羡慕那些做噩梦的人，毕竟有一梦，而梦中的生活，与现实又截然不同，好似过上了另一种生活。

我在开始写文章时是常做梦的，梦里全是文章。有时会梦见我在写一篇文章，整个写的过程非常清晰；有时会梦见我正在读自己写的文章，我边读边点头，自我夸奖一番，自我得意一番。可能不会有人相信，我在最初发表过的好多文章都是做梦做出来的，是在梦里写出来的。我在梦里叫醒自己，说"快醒快醒，这篇太好了"，然后就醒了。我的枕边永远放着笔和纸，摸着黑疯一般地写着"外星文字"（个人笔画极简的草书，无人识），然后写完又倒下睡了。

次日醒来，梦里的文章早就不记得一个字了。但枕边的纸上有，从那些歪歪斜斜的字里，我慢慢辨认、誊清，再稍微修改、润色，就是一篇文章。随后便欢天喜地地再抄一遍投稿，所有做梦写的文章也全都发表了，有的还发表在当时极不容易上稿的大杂志头条，或成为卷首语。

如今我竟偶尔做起山山水水的梦，真好。我梦见我写的文章，结果我发表在现实中了；那么，我梦见的山山水水，是不是也可以搬到现实中呢？如此一想，真是快乐事。

二十一日。今日又落雨，清晨时可能稍大点，过后就是蒙蒙细雨，有点烟雨之美了。这个十二月，没想到我只是想勒马慢行，慢慢听风，竟然也听了一场场雪、听了雨。十二月风雪城，客人来得不少啊。

二十二日。夜十时许，下楼去拿快递。这么晚了，因为刚刚看到手机里快递的短信消息，提示快递放在速递易的柜子里，是前两天随意间买的书。可以明天拿，但又怕它们在冰凉的柜子里睡觉，毕竟冬至了。取了它们，踏着小月光上楼，很是美好的感觉。

二十三日。很多很多年前，好友文婷一直想尽办法让我赚钱，我总说我不喜欢钱，她便翻个白眼消失于电脑的那头了。她是希望我过得好一点，对自己好一点，去流浪时有地方睡、有饭吃。也许在过去的那个年代里，她为我一天吃五毛钱的方便面的生活心疼过。后来，她永远地消失了。有时，看着一张百元的人民币，我会发很长时间的呆。

在如今的生活中，身边也常有人教我该如何抓住机遇赚钱，却没有人教我如何与一朵花说话、如何抱住漫天的雪。也有不少商家发来信息商讨在我公众号上做软性广告的，可是，也许有一百个挚爱我文字的人，我不想打扰他们——他们都和我一样喜欢寂静着。更有好心读者来教我如何在公众号后台设置安放广告，我种种婉言拒绝，对方仍热情着，最后我只好说，我不想赚钱。

有人为了养出富贵命，可能苟且于金钱的笼子里；有人为了有更体面的面子，可能需要金钱来涂脂抹粉；有人为了生活更富裕一点，可能需要营营劳劳出卖体力、智力和时间。可是，人各有命，我也爱钱，但我更爱安贫乐道的生活。我不需大鱼大肉，一菜一蔬足够；我不需锦衣华服，一件素常衣物也能舒舒服服。

二十四日。这几年里，时不时会有读者来问写作的事情。出于对文学的虔诚，我或多或少会回答一些，但有时又真不是三言两语能说得清的。

我记得，曾对身边好友说起我的写作经验之一，就是一开始时，我想：我写出 100 篇，总能有一篇发表吧；写 1 000 篇，总能有 100 篇发表吧。细心的人，也许会看出来，写的数量上从 100 篇到 1 000 篇，是 10 倍的关系；发表上从一篇到 100 篇，却是百倍的关系。对的，没错，因为写前 100 篇，肯定多是练笔之作，上不得台面，这时只希望能发表一篇即可；但写 1 000 篇时，我相信，我总会有生花妙笔吧。于是，我给自己定了一个目标：先写 1 000 篇。常会有人问我如何写出一手好文章。除了确有几分天赋、阅读学习之功外，没什么捷径。我相信，问这样问题的人，大多还没有写过 100 篇文章。苏东坡一生写了 2 700 多首诗、350 多首词和 4 800 多篇文章。

二十五日。前几日,读到秦淮桑的一首小诗《那年梅花开满南山枝》:

> 那年梅花开满南山枝
>
> 远远望去,只疑是雪
>
> 雪压枯枝
>
> 清凉而苍古
>
> 美得不可言表
>
>
> 只一刹那
>
> 仅仅一个刹那
>
> 你遁入空山
>
> 仿佛未曾来过这人世

非常喜欢这小诗的题目,有画意,有留白,能让人一读便生发许多美妙的遐思。面对美,细腻的人,总会在内心深处触发诗情。当回忆生命中那样一座开满梅花的南山时,虽隔着时间与空间,但那一树一树的白梅花,愈发莹莹然。回忆的人,好似就是在那么一瞬间便站在南山前,那么白的梅花,似雪,压枝,看得人眼睛清凉,内心又生发苍古之感。

这样的一个瞬间、一个刹那，人好似隐遁空山，与世无争，与世无扰，清清净净，洁洁白白，又仿佛从未来这人世。

这样的表达，真是惊艳！面对一山梅花，那么美，美到忘我，美到"仿佛未曾来过这人世"，我能理解作者此时的内心情感。我曾为了夜晚一个读书或写作的瞬间，美得眼睛都湿了；曾为了突如其来的一场雪，美得灵魂都好似随雪而舞。无数个难以言表的美的瞬间，串成了我一生的传奇。

二十六日。一个读师范大学的学生前两天曾在微博里发来纸条，问我"教育是什么"，今将我的回答收录在此：

"这个话题太大了。对现在的我而言，我觉得教育是一件神圣的事。教者育人，是灵魂发光的事；是空山云影，暖雪生香，美妙的事；也是春耕夏长秋光泼眼来的事。同时，教育也是一件孤独的事，因为不易，需怀着美好心、向阳心去耕耘，是怀良辰以孤往，需守得住寂寞，更需守住本心的事。"

二十七日。预报有小雪，结果下成了中雪。有一友，与我同姓，昨夜发消息约我爬山。在我周围的朋友圈里，我常鼓励大家跑步、爬山、亲草木。不过，也不过分强求，人与运动、与草木，也是需要缘

我一定
会
忙成春天的

分的，强求不来。于是，我只自己去做。

收到邀约，自然欣然答应，不过没敢约定，因为我知第二天有要紧事。今天早晨一看到飘雪时，心又蠢蠢欲动，要叫上那好友爬山。结果，想来想去，猜他还在睡觉，不忍打扰，便一人进山。

想想这些年，我都是一个人进山，所以也没什么，习惯了。开车出发时，雪竟然开启了铺天盖地的模式，洋洋洒洒，无法无天了。车行到里口山王家疃小村外停下——每次都停在这里，然后一路走，看看沿路风景。在那个空旷的位置，车刚停，从后视镜里看到也有一车停了下来。一定是来山村赏雪的吧，我心想。

下车，刚背好包，听到身后有人说："你是来干吗呢？"回头看到两人，正笑着对我。我也一笑说："爬山。"对方又问："就你自己？"我说："是啊！""这大雪天，你自己爬山？""大雪天爬山正好呀！"这样一问一答，感觉特别温馨。对方最后说："真好。"带着羡慕的语气。我会心一笑，问："你们呢？"两人一齐说："来看一个老朋友。"我一听，回说："大雪天，看朋友，喝茶聊天，真好。"

然后，两条路，我们分走一边。

进得山，雪依旧大，急雪回风，有些刺骨的冷意，但再走一会儿，就觉得浑身暖暖的了。刚上山时，见到两个下山人，大概是一早就来登山的吧。我们迎面逢上时，我正走在那曲曲折折的石径上，他们中一人便偷偷拿相机拍我。我低头只顾攀着石径，我猜他是觉得难得见一人攀着雪山，在空旷的雪径上沿阶而上，自成风景吧。任由了他拍，迎面时互相点头问了声好。一条雪径，他们下，我上。

攀了一个多小时，终于攀到近山顶了，听到有人语声。这时，雪特别静，静得周身像世外桃源一般。我望向山下，一片白中，早已看不出尘世的样子来。我在雪地里写"山门雪静"四个字，因为我打开一道山之门，进来唯有雪，静静落着。

后遇到"人语声"的三个年轻人，像大学生，人人戴着一副眼镜，很斯文的模样，穿衣不多，没戴手套。也是迎面逢上，我向西，他们向东。后我又从西转回向东，在另一山顶遇到他们。他们向我问路，原来他们迷路了，他们也是一早就出发而来的，说是在这几座山顶上转了好半天，下不去。我来的路，很小，掩在树丛中，他们是看不见的。他们来的路，因为要攀着岩而下，雪又大，根本没法成行。他们曾试着从一陡峭的崖石下去，却无功而返。他们执意要下时，我几次叮咛一定要注意安全。其中一小伙子好玩，他下山的方式极有个性，是蹲在地上，用屁股滑着下山，两手作脚似的支撑着前行。但下到一半，只好放弃，又爬了上来。我指了我上山的路给他们走。

我一定
会
忙成春天的

随后才想起另一件好玩事：在我自西向东而来时，看到沿路上脚印边有两三个手印，我称之为"浪漫的手印"。我心想，到底是十八九岁，天寒地冻，还有心思在山上印自己大大的手印留念。现在想来，这哪里是"浪漫的手印"啊，分明是那个小伙子以手作脚的下山方式罢了。

他们按我指引的路去了，我一人在山顶一避风处找到一块干净石块坐下，然后美美地享受雪山午餐。四十多分钟后，我也开始准备下山，一路看到许多手印，那个年轻人大概就这样一路"滑行"着下山吧。我忍不住笑了几次。随后，在那段山顶坡路上，我摔了三跤，屁股很疼。可见那坡路难行程度了。同时，我想这也是对我笑话人家最好的惩罚了。

二十八日。本来计划整理一下书架和地上的书，但是由于书太多，整理起来可是个大工程，所以只好暂且作罢。

2018年这一整年买了二三百本书，有一些是自己看的，有一些是为了以后有机会开一间小书屋而挑选的。当然，这个小书屋的梦想估计是要泡汤的，因资金、时间等因素，加上我一直在完成的写作计划，还有得节省时间成本去实现最大的梦想——归隐，所以只能忍痛割爱了。那就把这个美丽的梦想记录在此：

这个小书屋一直在计划当中的，地方不必大，但一定要设计温馨。

书架用粗细得体的原松木搭建，不需规规矩矩，随着松木的性子，或弯曲，或凹凸即可。书桌四五张，大小适中，摆茶席，上置古朴茶盏，亦摆瓶花，或开着的，或枯了的，山上野花野枝即可。屋内养植花花草草，不怕多，挨挨挤挤。书架上的书，皆是一样两本，这样也许有一天，两个有缘人同时拿起，相视一笑，结下一缘。另外有一个特别的打算，就是书屋经过几年以后，没人知道主人是谁，钥匙就在门前花盆下。有时，书屋有志愿者来义务为大家服务，煎水煮茶，打理花草；有时，干脆就没服务人员在，谁想来，自己打开门进屋读书就好。

幸好没有急于多购书，所以目前这些书，都摆在书房地上。确切说，是摆在一大张碎花蓝布上，一摞摞，其间放两盆菖蒲，绿生生的，还有枯莲蓬、枯花束。

二十九日。陆陆续续收到《读者》《意林》《哲思》《青年博览》等杂志社寄来的样刊。新杂志来时，可能无法一时看完，就堆在书桌边上，找个闲时间，慢悠悠地翻阅。

以前特别喜欢看杂志，一篇篇文章读来，总觉得收获颇丰，也觉得串了好多门，交了好多朋友。杂志自然没有书的厚重与深邃，但杂志更随意、更自在，让人更放松，且包罗万象。

三十日。这两三天里，一直在总结自己的 2018 年。

我一定
会
忙成春天的

  首先感谢我回不去的古代，以及古代所有的诗人、词人。感谢中国文化，养着好山好水。感谢我眼里的眼泪，让我知道，我终于还是一个心中有泉的人。如此，我也在心中养着自己的草木、风月以及大好江山。

  稍作几点总结如下：

  一、依然做得最得意的一件事是，"继续美好下去"。在烟火缭绕里，依然写着草木诗、云水词，一颗心依旧是清风客、流水禅。安贫乐道，尘外逍遥。美好让我富足，如今年初雪时写的，我有"春风柳袅万丝金，深雪雅集一山银"。

  二、写了一百多篇文章、二十几首诗。依然如我言，写作是命，是生命的命，也是命运的命，更是使命的命，所以抛不开，也从没抛开过。只是越写越自在，世间万物皆可入笔，世间万物也皆可化作笔。

  三、一转眼，写了五年专栏。谢谢《哲思》家族编辑的厚爱与付出，我有两个秘密第一次分享出来。1.第一年刚开专栏时，写完第一篇文章，我就开始愁第二篇。我怕写得不好，所以我告诉自己"拼了老命也要写出来、要写好"。写到第三篇时，我就数指头，还有九篇，我怎么可能写得出？2.终于写完这第一年最后一篇文章时，又开始担心杂志不用我再写了，可我特别想写。所以，之后特别忐忑，当编辑风轻云淡地来说次年专栏的事时，我早早把稿子快快投到她的信箱里。第二年的专栏终于写完时,我又开始忐忑起来。另外,还在愁写。刚写了一年时,我想怎么会还有东西可写,哪来那么多可写的美好呢?总之,没有人知道,写专栏前两年,每一年都在这种"忐忑"与"愁写"中受尽"折磨"。现在开始写第六年专栏了,不再忐忑,因为至少又可以写一年了;也不再愁写,越来越知道,原来美好是写不完的。

  我用这五年专栏的题目,大体组成一段话,也算是对这美好的五年专栏生活的一个回望吧:在这书写的光阴里,我把自己忙成了春天,寂静清芬。我的耳朵是一间房,一朵花和另一朵花住在一起。我每天的早餐是一碗花,夜里穿上月光,住在词牌里。白日里摘云归来,捧一捧花声,到春天的路口去摆摊卖诗。而这一切,不过是借了一点诗意,隔开烟火,过渡沧桑。素常日月,一直保养微笑,向内丰盈,坐成一首词,盼衣襟戴花,风月娟然。

  四、小小得意的事,大概就是与《意林》的签约,先签下三本书。我是"写杂志的那一代人"。那个年代,写作更虔诚,更有敬意,给一本杂志写稿,就会买上杂志好好研究,研究杂志风格,研究栏目精神,全国杂志也多,稿费也可观。所以,《意林》这样的大名,是我敬而又敬的,能与之签约,对我来说是莫大的幸运与幸福事。除了开专栏一事外,与《意林》的合作也算是我对饭都吃不饱的流浪写作青春一个最美的交代。感谢美女编辑的厚爱，以及她的认真、负责，还有她风风火火、妥妥地安排时间节奏的工作态度。

五、进山，与草木结交的时间更多了。人到一定的节气，是该从无所适从，走到知所适从之境的。一直幸运，看了好山好水，写了点文字，心悠然自若，翕然自远，有情有义，无缚无系。于尘世烟火中过活，修闭口禅；于尘外山间里赏游，修清风缘。总有一天，我会微笑着，退着走到一座山里。然后，看山看水，听雨听雪，赏花赏草，闲掌深山万卷书。

三十一日。再如何勒马听风，十二月终要别过。

读到张晓风《情怀》一文中引用的四句诗："四季攸来往，寒暑变为贼，偷人面上花，夺人头上黑。"人手头上有大把光阴的时候，是不会懂得这样诗句中的含义与寒意了。

也许"过去慢"中所包含的语意，也不过是大多数人嘴上说说的，有一种怀旧的情怀在里面。而现实是残酷的、冰凉的，是一往无前的，永远不会停止的。我们能做的，不过是说服自己，勒住我们骑行的那匹尘世的马，停一停，歇一歇，静一静。如此，才能给自己一份悠然的心境，慢下来，享受身边的风景，听听风，听听雪。

深夜又下起了雪，这个十二月下了四场雪。

世上渊明酒，人间陆羽茶

好句精选

无人同看一山春，有风且赏一树明。满树的花啊，红红紫紫，应该有人从一径风甜里走来，应该有人微笑相迎。

立春过后，回老家住了一日。早上起床，看到地面、屋顶落着一层薄薄的雪。农家的雪，都是干净的，都是白的。

从一月开始盼春，盼了二月，要盼到春三月了，却落了一层雪，心里还是一阵阵的欢喜。就像有人在岁月的笺上，欲说还休，只字片语不落，唯一场小雪来相认。

我总觉得春雪是个清淡的诗人，我看不清他的面目，只朦胧间睹得其背影。他的背影是自然清淡的，他轻轻地来，他轻轻地一挥袖，便轻轻飞起雪来。而诗人这一场春飞雪，是因为他赴约迟来，心下清寂吧。

韩愈有《春雪》诗，说二月已惊见草芽时，"白雪却嫌春色晚，故穿庭树作飞花"。此说法正好与我的相反，说的是春雪嫌春色赴约来晚了才来到人间飞作花，真是有意思。

不管怎样，这样的春雪，该温一壶老酒，或煮一瓮茶，且把光阴里的故事，诉与酒与茶。其实，温老酒或煮香茶，更适合在深冬雪深处，木窗外大雪纷飞，屋里生着一团火，饮酒或吃茶，两个人就是一整个世界，是独属于他们的世界，与尘世所在的这个世界不同。

我与这个世界，我愿存有一段距离，不过多牵缠，不过多交集。其间隔着一整个春天，隔着自在深情似海。如此说来，我觉得我似是春雪。一场春雪隔开两个世界。

我知道，世间的事，太复杂，我的世界又太小，我的世界装不下整个的人间。

所以，世间的事，得过且过，问心无愧，坦荡从容。所有的虚假的，睁一只眼看云，闭一只眼听风。绵绵远道，相期以茶。一人独饮，或两人推盏。心神安定，一味清欢。

或者以花香为酒，落满唇间，只图一场空欢喜的醉，也胜过浮世劳累，心不得闲。

盼啊盼，春三月！春三月，心有美好的人，自是可以自放烟花放蝴蝶。之后，人间四月，小桥流水，水流石上，红染小园桃杏，绿生芳草池塘。养一群鸭、一群鹅，淡烟人渴思酒茶。

心境上有如此的清淡之味，有酒有茶相伴，总会觉得人生便有那么一点不一样，不觉平庸，不感枯燥。如同日常里写一首短短的诗，抚慰风尘，再转身与尘世诸多事务或不相干的人告别。其实，也无须说告别，只转身而去。我只身向那古代的姓氏而去，再低眉相认。

我知道，世有渊明，采菊温酒；世有陆羽，煮水烧茶。

我只想，于光阴里清淡一些、平和一些、自在一些。这是对岁月、对自己，最美的深情吧。

我把三月春请到我的案头来，然后把全部的笔尖下的深情，写满十里春风。之后，好花开遍山野，好水淌过桃边。

那时，花烧酒，正是四月好花醉人时节。无人同看一山春，有风且赏一树明。满树的花啊，红红紫紫，应该有人从一径风甜里走来，应该有人微笑相迎。你未来，我就等，深情自在，与世上渊明酒、人间陆羽茶，相知相悦。

我一定
会
忙成春天的

一篇雪

好句精选

雪一落,真想寄一篇雪给你。雪在一笺上,落白了山川,落白了树木,落白了长亭短亭,落白了往事……整个天地一白间,只有你,红妆立雪。

　　雪一落,真想寄一篇雪给你。雪在一笺上,落白了山川,落白了树木,落白了长亭短亭,落白了往事……整个天地一白间,只有你,红妆立雪。

　　多年前的一个夜里,突然下雪了。走在路上,本来周身还是嘈杂的,雪这么一落,却感觉那么静。那时,生活困顿,眼睛不清澈,心也迷离。这一场夜雪,像一篇安静的信,如此深婉,让人眷顾。我有一种要奔向雪里的感觉,却只站在路灯下,仰头看雪,欢喜得像个孩子。次日清晨,窗外早已是冰雪天地,我终于奔向山里,一路狂奔而去。到了山里，我张开怀抱，一直那样一个姿势许久。最后，躺在雪里，躺在深深的雪里。

多年后常回忆，那一天，像一篇文章，虽然我从未写过，却被装订进我光阴的书页里，也许只是一篇插图，也足够美了。或者，是一封信，是我寄给纷扰扰的过去的一封信，这样的一篇雪，深情款款，笔意清绝，是要过去的自己知道，走怎样的路，仍要心有良辰。

今年初雪过后，只隔了三天，又是一场大雪。纷纷扬扬，天地一白，穿戴好便急不可待地往山里去。我带了一张素白信笺，我要坐在山中雪里，铺开一笺，让雪落满，之后寄给你。

多年前，在窗前曾用信笺接了厚厚一层雪，满满的，一整张笺上，全是雪。特别想寄给一个人，或许只是一个陌生人。收到时，只是一张空白纸，雪化后留下的印迹还在。不知收信人会读到什么。

进山时还想起此事。雪落满小径，我轻轻叩响，你展信时能听到一串嗒嗒的马蹄声；雪压梅枝，我轻轻嗅，你收到信时，梅花正好开了一朵，在问候语的位置上。

这样一篇雪，无字，却是林深密雪，有碎玉声，走在其上，香生玉尘。你自懂，一篇雪，萦怀之深、眷念之切。

就那么落啊落，整个深山何尝不是一篇雪。我走在其中，是一支笔，我的脚印里有墨的颜色，有墨的香；我喜悦的眼色，是一朵朵的亮梅。

我捧着这样一篇雪，周身寂静，不，雪落有声，雪压弯枝条，亦有砰砰抖落声伴着我。我要把这一场雪寄给你。

在洁白的梦一样的草径上，我轻轻叩响草籽的呓语，这样你就会从信笺上听到一声声绿色的萌动；在一株白玉兰冬眠的苞尖上，擎着花生一样大的小雪团，我安静地与之对视，我不敢呼吸，我怕惊落了那一小团雪，我想把它寄给你，明年信笺上一定会早早开出一朵最白最白的白玉兰。

我在松下，在竹边，在荒草烟里，迎着漫天的雪。我确信，我展开的那一笺上，雪写了一篇深情的信。

我们一生的行文，该有这样一篇雪——写给自己，写给往事，写给光阴。

整个世界，像一盘大棋。尘世的人，纷争厮吵者，较量着一步到半步的距离；贪婪自私者，丈量着一步到一步的距离；争名夺利者，计量着一步到十步之外的距离。最终，却都逃不过松下无人一局残，而空山松子落棋盘，又落层层雪，还世界一白。

我们一定要有这样一篇雪，在姹紫嫣红之外，在熙熙攘攘之外。

所以几年前，我决定每年写一篇雪，我想我还可以再写五十篇。

只是想着在人间这一遭,走了多少山光水色,行了多少烟柳画桥,都不是最重要的;最重要的,是人的心终能静成一天雪,落于老屋前,守得住一棵老杏、半园春韭。

我想在这样的一篇雪里生活,与你慢慢细数旧时好花天,慢慢地,在那一点接一点的白里、一片连一片的白里,温暖地数着皱纹和眉眼间开出的梅。在那么寂静的白里,我们心有草木慈悲,春色半间屋。

石缸之韵

好句精选

老石缸一身百年之韵，它千年不动、万年不言，但浑身上下，由内及外，仿佛都有难以言说之韵在流动。

老宅里坐着一尊老石缸。古拙敦厚，悠然宁静，自然深秀，妙绝古今。

每次从那些老房前或檐下经过，看到那么一尊老石缸，我都会禁不住停下来。老宅往往在深山老村里，人烟已稀。石缸苍老，生着苔，蓄着清水，好像它就那样一直坐在那里，守护着什么。

石缸里不管是养着荷，还是浮萍，或小锦鲤，就算什么也没有，只有一汪清亮亮的水，都让我觉得我那时是停在古时某个时辰里。

那样的时辰里，我仿佛置身一幅古时市井图中——身边熙攘，身后繁华,翩翩裘马,簪花约鬓,杯盏绸缪,往来欢笑。我却听不到、看不到,眼里只有这一尊石缸,老气横秋,老苍雄尊,孤家寡人,孤迥特立。

老石缸一身百年之韵,它千年不动、万年不言,但浑身上下,由内及外,仿佛都有难以言说之韵在流动。

在我们老家,以前我是常会见到百年老石缸的。老石缸憨态可掬,岿然不动,翕然尘外,是抱素守寂的智者。

如果你愿意留着,它便一直会在那里待上一千年。我不知道这世上最古老的石缸在哪里,但我知道,历史中,石文化像一条大河,是真的古老的大河,流淌着我们华夏的文明。在石器时代,石缸一定有着极充实的一生,每一个石缸都见过最原始的美。

在古代,石缸的运用是极广泛的,发挥着其实用价值和审美价值。时至今日,依然可以看到一些偏僻山村古朴农家里的石缸;而在一些追求返璞归真的宅院里,一定少不了一个石缸。

去福州,自然要好好逛三坊七巷,白墙瓦屋,曲线山墙,穿走其中,总觉得别有洞天。最让我迷恋的,便是那油纸伞盛开在巷子上空、画一般的景致。那年去时,却有意外的收获,便是看到三处石缸,其间荷正亭亭。

一处就在南后街上,往来熙攘,第一次逛竟然没有发现。观光者多是凑热闹吧,有几人愿意停下来,好好与这一缸一荷静心相处一会儿?第二次是在人群中突然看到,没想到在这吵嚷的主街上,竟有一处端然大方的石缸,而且荷已含苞,煞是可爱。我在那里,待了好长时间。

另两处,由于时间久,已不记得具体位置了,应该在文儒坊和衣锦坊两处。其中一处石缸是圆的,置于一墙角里,无人问津,倒是让我觉得这才是美。另一处的跟南后街上的一样,是长条状,落落大方。

因为这三处石缸,我格外喜爱三坊七巷。好在当年住在其周围,便有时间多去逛了逛,也是为这石缸而去的。

这三处石缸,让我觉得,三坊七巷是静的,是属于画的。

永远忘不了在一个山村里遇雨的一幕。那时,躲于一户人家门前一边的草棚里避雨,草棚里有两位老人在下棋:一个长白胡子,穿军装色旧衣;另一个年轻些,戴老式眼镜,穿中山装。

草棚简易,原来可能只是用来放些木柴之类杂物的,现移来了废弃的石桌石凳,可供人坐,喝茶或下棋。而门的另一边,有两个长长的大石槽子,有些年代了,是以前喂牲口用的,现在却闲来养了荷。秋渐深,荷差不多枯尽了,但依然好看。秋雨打在枯荷叶上面,对我这样喜欢活在古意里的人来说，现在回忆起来，格外美。

一个老人，若养着点花，我总觉得，他身上便无一丝浊气，他的衣上好像总有云、有清风；他的眼睛里，有混浊，却也有蔼然的光。

我想，老了，我一定能如愿以偿地找一处好山水住下。宅子很老，院里一尊老石缸，苍然古拙，落落大方地开着荷，守着小院里的花花草草，守着日子，守着岁月，守着一生的江山如画，安稳喜气，让老屋子小院子有了盎盎的古韵。

这样一尊老石缸，自然也会守着两个有着如花笑颜的老神仙。任岁月如何斑驳，日子平淡，却有滋味，想想不过是：酒阑棋罢一檐雨，烟墨葱茏一缸花。

一个名字撞响了山溪

好句精选

有一帮人，美好的人，笑着的人，正从一个叫旧年的地方走来，举止山水般干净，带着大美水溪的静气，穿戴春风齐整，眉有清喜。

在《喜欢你，是一首诗的样子》一书自序里曾写过：

"很欣喜，写作这些年来，有很多同路人，一起赏花，一起读书，一起写作。不见其人，却知每一个人的模样，正如一位读者朋友说过的，她们皆是山水精灵干净的举止，是大美水溪的一身静气，是春风齐整，是眉目清喜，是活成一万匹马、一千朵花。"

"多么让人欣喜啊！"

"写作对我来说，不是写作，是内心丰盈的过程。这个过程，若有同路人，是最大的欢喜事。"

我是十万分地坚信，写作真的是向内丰盈的过程，而不是为了名利。心自在，笔下万物皆自在。而且写作绝不是在沙漠里挖一口井，而是在你的心中流一道泉，是件自在事，是件自性事。

我也十万分地欣慰，在这写的过程中，这道泉不但养着我内在的草木江河，也予人以美以滋养。我流过的地方，顺路恰好遇见你草木清芬的世界，交付细水一道，也许在水边，有一千朵小花因我而开，有一匹你尘世的马正好来饮水，稍作休息，赏得几朵闲花。这样正好，也真好。

在网上几乎不互动，但我珍惜着每一个我能记上名字的人；就算不记得名字了，可能他的头像还在，我会隔一段时间，依次从联系人中一一看来。这些人，是来看过我，我也看过他。看过的，是彼此一段珍贵的光阴。

也少有读者来找我说话的，因为这么多年里，大家也知我的性格，对我更多的是包容，包容我的"不热情"。在此感谢。每一篇文章之后的留言，我都会反复地读过好几遍，会在一个个熟悉或陌生的名字上停顿。我想到，很老的时候，我写不动文章了，我就在床上，听人给我读这些最美最美的留言，那些一起写作、阅读的光阴，就一一回来了。那些熟悉的或陌生的名字，就再一次撞进我的心里，像一个花苞，在寂静的枝上发出的第一声爆破音，响在我的心底，香在我的心底。

今天，"闲云鸿影"给我发来了信息，也是在总结这一年吧，其中送我几多感激的话，感激我文字的陪伴。心中不胜感动。她曾在文后留言说："展卷与落笔，一个熟稔的名字撞响了山溪，青苔，还有眉间的欢喜"。

曾在山里，看初春林间腐叶堆里钻出来的鼠尾草，或山脚一株蓬蓬然绽开的野桃花，便恨不得把一个人的名字喊得山响，想喊他过来，分享我那时最甜蜜的喜悦。

只需一个名字啊，就可以将一山的野花叫醒；只需一个名字啊，就可以撞响一条睡着的山溪。

我想，我看过的山与水、草与木，此时也被我心中一支笔，撞响了欢喜吧，因为它们知道，有一帮人，美好的人，笑着的人，正从一个叫旧年的地方走来，举止山水般干净，带着大美水溪的静气，穿戴春风齐整，眉有清喜。

墨心欢喜

好句精选

　　一生中，至少有那么一回，我饱满地活成一个春天，活成一缕好墨。整整一个春天，我守着一窗的花、一屋的书，悠然清静，心目开朗。我记录每一朵开或落的花，书写那些美妙旖旎的人生须臾。

　　我写过不少有关"墨"的意象。现在写作者少用笔，更难得见一缕墨之魂了，只有每日研墨习字者，才能在一缕墨里自舞自翩跹。

　　我觉得，一个人一笔一画的走笔过程，真的如同在墨里舞。成语"舞文弄墨"可是含尽贬义的，它原指曲引法律条文作弊，后常指玩弄文字技巧。但是，在我个人看来，这个词应为中性词为好。

　　"舞文"二字极妙，读来仿佛便看到写者灵魂与文字那倾心之舞，雅人深致，风神谐畅，气韵飘举，高蹈趣味；"弄墨"二字又极轻松，不拘束，好似胸有成竹，风自起，云自飘，且喜乐，且自在。

我一定
会
忙成春天的

  大概为文者能把墨舞上一舞，才是至高之境，也才可从一缕墨中寻得大学问、大境界。带着这样一腔墨心于天地间自在走笔，每一步都是惊采绝艳的一笔，书写出自己的江河岁月、草木人间。

  我们大多是平平常常的人，过着平平淡淡的生活，难得在一缕墨里，与草木、与岁月说些闲话；难得在一缕墨里，与往事、与一个人倾衷而谈。

  但是这并不妨碍我们拥有一颗舞文弄墨之心，研日常之趣之乐为墨。光阴的砚台上，自有好墨一缕。墨香一屋，墨心欢喜。如此，光阴的册页里，一笔一画早早地写好了几行，松上清风石上泉，岭上白云枝上月，好不潇洒自在。

  我是极喜欢那墨之香的，偶尔我会借一缕墨，乱乱地写几笔。墨不是名墨，纸也不是好纸，但墨心欢喜，无边无际。整个人感觉自上而下，舒畅自在。

  更多时候，我在自己的岁月里，在一方小天地里，安置了案头砚台，邀了清风明月，燃了小篆香，以一颗墨心向着那一场文字欢愉的诉说里，孤美深往，一往无前。

  曾写过一种柔软的相见：

  "有人闲身侍笔墨，落下的每一个字，都是一笔一画一段温良的旅途，一路红红绿绿到你家门前。"

"你推开门的那一刻，见门外人，眉眼如画，心里一软。你等的，你用一生的墨等的，不过是这样的一见。"

有人借句意在微博里给我留言："一生的墨，见一生的人，幸事啊！"说得真好，墨用"一生"做定语，那墨才是安稳的、带着喜悦的神色，笔触里流淌的，便是真情，如此见的人，必定也是"一生"的人。

以文字，深心以谈，谈所读之诗之句，谈日常一花一草，细细交心，多好啊！得好诗句，谈与知心人听，聊起花，知与知心人，多么深情而有趣呢。

我一直有一个愿望，就是可以好好在墨里生活，说白了就是希望能记录每天经历的点滴、看到的微小的小美好。涓滴之笔，成就不了我岁月的大江大海，却可以为我汇一道小溪小河。由此，我便可以每日生活在溪边，看花写诗，自由自在。

下了几次决心，但是终被工作、生活种种忙碌打败了。三四年过去了，常常不经意间想起此事，心中一紧，感觉丢了魂似的。

后来终于下了狠心，从那一年立春开始，每日抽时间记录几笔几段，一日不落。于是就有了一本名叫《一生的墨，见一生的人》的书。

当然，日常所记不过是书中一章，在我眼里，却是满满的一书芬芳，是华枝春满、天心月圆。

一生中，至少有那么一回，我饱满地活成一个春天，活成一缕好墨。整整一个春天，我守着一窗的花、一屋的书，悠然清静，心目开朗。我记录每一朵开或落的花，书写那些美妙旖旎的人生须臾。窗外身边也有许多美好的细腻的小事在发生着，泥融飞燕子，诗行飞白鹭，花枝系钓饵，眠听远方人。

就这样，半年过去了，我把一个春天一直写到夏。每天涓滴，墨色四起，人间滋味，莫过如此。

我知道，我写的是一本光阴之书，我是写者，也是第一个读者。每每捧读几页静谧的文字，心中便起欢喜。我也知道，我抛开了尘世的那个"我"，我回归了自我。我欣喜这样的自己，终拥有一颗欢喜的墨心。

这样一本墨心欢喜的书，是写给我自己的，也是写给光阴的，更是写给每一个心持美好愿望的人。我会在扉页上写一句相送：我愿如一缕墨，在光阴的砚台上，与你磨心相见；在岁月的宣纸上，与你珍重而行。

一整个春天在奔跑

好句精选

> 是初春,满山的绿在奔跑,整个春天在奔跑,路上遇到的断断续续的烟雨在奔跑,我也在奔跑。

那年在阳朔租了单车去看山水,行十里画廊,一路的山,像画一样,一张张扑到我脸上来了。那时的兴奋,无以言表。一路骑行,一路疯喊:"好美!"仿佛再没别的语言,就是一个字"美",美到想张开双臂,一边飞奔、一边拥抱全部的山。

我像个孩子一样,用力地踩着单车,向一座座山奔去,但山连山、青连青、画连画,怎么也跑不完那些山。

是初春,满山的绿在奔跑,整个春天在奔跑,路上遇到的断断续续的烟雨在奔跑,我也在奔跑。

我一定
会
忙成春天的

　　从来只是静坐看山，看幽岫含云，看烟雨绕青；或是闲闲走在深山里，读草绿出来的诗句，听鸟唱出来的山曲。

　　春山叠翠，草薰风暖。我所认识的每一座春山，都是静在那里的。青草自顾自地青着，野花自顾自地野着，与世不相干似的。春天住在山里，每天打理着花事，安安静静的模样。

　　阳朔的山也静，云烟缭绕，一座山就是一幅画。但因从来没有看过如此美的山吧，从来没有那么急切地想奔向一座山，却永远无法抵达，便一直兴奋地奔着。如此，会感觉一整个春天都在画中，画在奔跑，一整个春天也在奔跑。

　　多年后回忆时，人坐窗前，窗外是人潮人海，却有一个春天，带我一起奔跑。

　　写过一首小诗，其中有句：我要牵着你的手／风吹过来／好似薄纱白的信笺上／一整个春天在奔跑／草和草，花和花／天青色和烟雨。

　　写的诗并不多，这是我很喜欢的一首。也许是在城市里待得太久，而且还要一直待下去，所以每每忆起阳朔，总是感觉我的身体里奔跑着一整个春天似的。

　　一整个春天都在奔跑啊，草和草，花和花。

　　那些绿着的草、红着的花，只在一个地方，寸步不离地绿着、红着。但谁能说，它们的每一寸绿、每一寸红，不是在奔跑？从嫩绿到苍绿，从浅红到深红，那就是奔跑，是喜悦的颜色在奔跑，是对春天的爱在奔跑。

每一缕春风，每一条春溪，更是在奔跑。春风十里，春水初生，跑出了一个饱满的春天。

而一个热爱春天的人，面对那如画春色，心下一动，一整个春天就奔跑起来了。

一整个春天在奔跑啊，春风在奔跑，花香在奔跑，人面桃花在奔跑，小桥流水在奔跑，裙子在奔跑，笑容和牵着的手在奔跑，相机在奔跑，诗在奔跑……

如此喜悦着，花开人间千层树，唤君同赏一春明。

也许春天的好，不仅是它如画的美，它还用一丛奔跑的绿叫醒了你沉寂的心，用一朵奔跑的花点亮了你空白的诗笺。